U0909767

中国少数民族文学发展工程
出版扶持专项丛书

故乡流淌这样一条河

（仫佬族）潘琦／著

作家出版社

潘琦　1944年生，仫佬族，广西罗城人，毕业于中南民族学院。中国文联第九届全委会委员，中国少数民族作家学会副会长，中国书法家协会会员，中国音乐家协会会员，研究员。历任中共广西壮族自治区委员会常委、宣传部部长，中共广西壮族自治区委员会副书记，广西壮族自治区人大常委会副主任、党组副书记，广西壮族自治区文联主席，现任广西桂学研究会会长。

著有散文集《山泉淙淙》《琴心集》《润物集》《微言集》《撷英集》《百感集》《文缘集》《情结集》《绿叶集》《五彩八桂》《广西当代少数民族作家丛书·潘琦卷》《激情的日子》《这里散发着醇香》《绿色颂歌》《瑶山春色》《春天的呼唤》《黄昏散步》《青山漫步》《闲庭信步》等，小说集《不凋谢的一品红》《人的故事》（三卷），诗歌集《山乡晨曲》，歌词集《心泉集》《美丽神奇的地方》，理论专著《大潮中的思考》《红土地上的探索》《没有硝烟的战场》《艺苑探笔》，并有书法作品集《墨海探笔》《潘琦书法作品集》《唐诗墨韵长卷》《宋词墨润长卷》《毛泽东诗词书法长卷》《百龙长卷》《百福长卷》《百书长卷》等。有《潘琦文集》九卷、《笔耕录》四卷、《潘琦文集》十八卷。

《琴心集》获第五届全国少数民族文学创作奖，《幽谷中的一棵玉兰》获广西少数民族文学创作优秀奖，《我家开放四朵花》获2010年全国“盛世民族情”优秀作品奖。作词歌曲《三月三　九月九》获中宣部“五个一工程”奖、首届中国音乐金钟奖、第二届全国少数民族音乐舞蹈汇演一等奖，并由文化部、中国音协推荐为全国群众歌咏演唱曲目。

作者近照

序

潘琦又出散文新著了，他让我给这本新著写个序。我一听，“吓死宝宝了”（网络话）。说真的有点为难。因为他曾经是自治区的领导，又曾经是我的直接领导，为之作序未免担当不起！潘琦一眼看出了我的困惑，说，冯艺不要说什么领导不领导了，那都已是过去时了，你就以朋友的身份写吧。听他这么一说，我的心情便变得轻松起来了。

时间过得真快，与潘琦认识一晃三十多年了。上个世纪八十年代初，我从北京上学分配回广西民族出版社文艺编辑室当编辑。那时候，因为自己也写作，经常参加广西的文学活动，很快认识了广西的各民族作家。潘琦在八十年代初已是一个创作活跃的仫佬族青年作家，他的诗歌散文在《南宁晚报》《广西日报》《民族文学》等省内外报刊上纷纷发表，尤其他的散文善于讲故事，用具体的事实记录着身边的生活，用生动的细节刻画人物，给我留下了很深的印象。因而，他的第一本散文集《山泉淙淙》便是由我们出版社出版的，那时，我们就成了好朋友。后来，他不管在什么岗位上工作，都没有与文学失联过。再后来，他当上了主管文教工作的自治区领导，便把我调到广西作家协会，主持了广西作家协会的工作，如果换句不知天高地厚的话来说，我与潘琦的“合作”也整整十年了。用潘琦的话来说，这十年“关于广西文坛的好消息很多，国内同行广为关注”“连获两届鲁迅文学奖”“广西青年作家队伍的崛起”“我很为这种蓬勃发展的文坛景象欢欣鼓舞”。我也深深感觉，在他领导下的十年，尽管任务繁多，却没有压力，心情舒畅，哪怕是失去了自己很多写作时间，我也会尽心竭力，谋事做实，为广西的文学事业的进步多做工作，这样，我就问心无愧了。

是的，遇到一个懂行的领导是多么重要，而这个领导又把你当朋友，对于文学是一个大幸了。我想，更重要的是这位朋友只要真正热爱文学，热爱家乡，热爱自己的民族，热爱家乡的一山一水，一草一木，即使他从作家当上了部长、书记也不忘初衷，身体力行，“我写我想，我写我心”。潘琦就是这样的人了，他写作靠的是天赋，更离不开勤奋。令我特别佩服的是，他的精力十分充沛，无论有多么繁忙的工作，在他的眼里，总有写不完的东西。可以说，他走到哪里就写到哪里，我曾多次与潘琦出差外地，往往在归途的飞机上，我发现，他竟然在笔记本上就写好了一篇散文。如此，几十年笔耕不辍，他便能散文著作频出。

当然，作为作家，潘琦的散文著作不过是他全部作品中的一部分。而他的散文集中体现了他的创作特色，那就是他热爱广西这块美丽的土地，这个神奇的地方；他热爱广西这些个兄弟民族，这些勤劳的百姓；他热爱广西的历史文化，这些无价的瑰宝。他写作注重亲历性和真实性；贴近生活，现实感和针对性强，写素材往往来自生活现场，文字质朴、率真，虽然文学性可能弱一些，但最重要的是往往与时代节奏、生活脉搏、历史脚步构成一种鲜明的对应关系。正像他自己所说的：“文学正是在这种厚实的文化积淀中发展起来的，是见到的、经验到的、想到的和感觉到的生活记录。”他的散文文字简洁，行文流畅，历一处景观，记一件趣事，讲一个故事，有时甚至家长里短，却生动幽默，欢快到位。所以，他的作品看来是反映时代，实际也在写自己，写了自己的故乡与生活和命运的爱与知。读了这本名为《故乡流淌这样一条河》的散文集，便可以再次感受潘琦的匠心。

《故乡流淌这样一条河》所记述与抒写的游记散文，叠加起来就是一部浩繁的广西风物志。《走访坳背寨》展现了潘琦一贯明亮而实在的风格。“掌灯时分，春雨还在纷纷下着，村民组长决意邀请我们到他家做客，盛情难却，实在推辞不过，我们只能答应留下吃晚饭。登上村民组长家的木楼，一股浓烈的香糯味迎面而来，一切都是准备了的。大家围坐在火塘边，喝着土酒，吃着腊肉、腊肠，品尝着各种野菜、山菇……所有这些对城里人都是新鲜可口的。席间村民组长说：‘这菜都是我老婆做的！她可是个能干人！’女主人动动嘴唇，似有表示，却不出声，两朵红晕羞羞地洇在脸上，甜甜一笑，那笑容纯粹、透明、自然、自在……”在坳背寨里看到山媚水秀，气纯象真，这是潘琦心灵世界的美景，也是当今乡村精神世界的一部分。在《古灵渠寻迹》中，当他了解到“铧嘴被冲毁了一百多米，并淤成沙洲，如今已不起分流的作用了，对面的龙王山上的分水亭、龙王庙等古建筑已荡然无存。我久久伫立在铧嘴前，凝视着，思索着”。他认为如今这般景象总能与“世界之奇观”相称！他的文字有着使命的冲动和激越。而在《猫儿山思竹》中，他写了自己听到“每一根颤动的丝弦上，流动的美妙之音，”“唯有那沁人心脾的山竹之音，让城里那种喧嚣与浮躁荡然无存，”他喜欢猫儿山，“真可谓‘山静竹生韵’”！再如《本色西林园》写了这座修建于十九世纪，曾为任过四川、两广、云贵总督的岑春煊购得的园林别墅，展示了岭南名园文化。“园中的屋宇古朴典雅，是一幅民情风俗与自然景观融为一体的山水画。”历史在这里滞留了很久。“这极富文化底蕴的幽静，给人多少诗意的创造，渊深的识力，正是基于这种幽静，人才得以窥视到自然的内在和谐和深心用意。正当我沉浸在这梦幻般的幽静所带来给我不尽至乐和飘然时，隐隐地，仿佛听到了什么。”山溪之畔，成了他沉思之岸，一波咏叹，一浪思想，将人推到了过去，没有对过往岁月的深情回眸，是不可能写出这样的作品的。潘琦是一个文化胜迹的追寻者。从他的文字里，看得见他风火般的行走，却又不失微观，清气飘溢。诚然，好的散文一定是足音的演奏、心灵的演唱。

如果细心地读完潘琦这本散文，就会不难发现，这是他献给这个神奇美丽的故乡和乡亲的感恩诗篇，丰富而真切地与地气连通。

我也是一个热爱广西人文地理的行走者、抒写者，也可以说行遍广西。在潘琦的这本散文集中，回到了故乡流淌的这条河流，由此，便觉得岁月匆匆，每个人的生命的故乡，都有一条河静静流过。如果是这样，那么，我们每个人都会流连这些美好的风景。

这是最美好的影像。

不知如此说法，是否到位。盛情难却，这些粗鄙的文字，只是抛砖引玉，仁者见仁，智者见智。

冯　艺

2016年6月写于百花岭

目录

第二辑　秀美山水

第一辑

乡愁乡情

故乡流淌这样一条河

当你走进仫佬山乡，在辙印碾出的山路颠簸数十里之后，会看见在山地上流出一条晶莹如带的小河流。这是一条极不起眼的小河，它没有狂野的性格，没有壮阔无涯的面容，没有浩气非凡的势头，它平静地蜿蜒在群山之中。三三两两的村寨沿小河两岸错落排列，四周是瓷盘上破碎的图案似的水田，水田过去便是山。

站在小河淌水旁，举目四望，远处是碧绿碧绿的山峦，大的、小的，像一条绿色巨蟒绵绵延延地毗连着。山下开放着五颜六色的山花，两岸是枝繁叶茂的柳树、翠竹，最茂密的要数相思树，它们的根虽扎在岸上，那枝枝干干却相互依缠着，仿佛在深情地拥抱。平稳得像面镜子似的河水，漂着白色的泡沫从相思树边悠悠流过，年年月月，不懈地尽着自己的使命，灌溉着垌垌良田，然后轻轻流向远方。河畔不远的山村，时而从那别具风格的新农舍里传出来的欢笑声和绵绵的山歌声，会令你仿佛走进一个世外桃源。

大自然的和谐并不仅仅是指那些原始生态的平衡，而是人类如何平静、平等、平和地融进大自然之中，保护自然。你看，为了方便取水，用竹轮做的水车和用石板在河上架起的小栈桥；为了防止河水冲浸岸边造成水土流失，用石头砌起的石堤；还有为了照顾上下游用水做的水门闸。岸边柳枝依然保持着昔日的婀娜，白的、黄的、黑色的卵石，点缀于清澄的河水中，偶尔可见三五条游鱼摇头摆尾，嬉戏追逐……小河一切都是那么和谐自然，野趣横生。人，能自觉融入这样生态的境地，沐浴清新的山风，你会心旷神怡，一声鸟之低鸣，一泓山河水的轻唱，都会使你感到人生有一种从容厚重的实在，生命有一种崇高明媚的灿烂。

沿河两岸居住着汉、壮、仫佬几个民族。千百年来，各族兄弟相处得很融洽，同饮一河水，同住一座山，同耕一垌田。记得小时候，方圆十里八寨，无论是哪个民族过节，都相邀做客共庆共欢。我们仫佬族每年的依饭节、走坡节，汉族、壮族兄弟都远道赶来参加。各族姑娘和小伙子用汉语、仫佬语，一起对歌，这个时候，分不清你是哪个村，哪个民族。每每回忆起那种场景，我思绪里的小河，会淌过岁月的涟漪，有意无意地哼起那首不老的山歌："天上星星跟月亮，地下葵花向太阳，各族人民跟着党，妈家孩子不离娘。"

这条曲曲流过村前的小河，是各族伙伴儿时经常戏水玩耍的地方。河水缓缓地流着，沿河几个村庄的小孩常在河水中唱啊，叫啊，讲壮话、汉话、仫佬话的都有，互相都能听得懂，直到谁发现西下的夕阳，惊呼一声"哎哟"，大家这才光着屁股，慌忙从河里爬出来，带着未尽的余兴，各自回村去了。河水荡漾着孩子们欢乐的笑声。

初春的小河，曾静静地写着这样一个动人的故事。有一年夏天，山乡遇到十年不遇的旱灾，久旱无雨，天气出奇地燥热，小河边的水草被晒得早就枯黄了。小河的水量骤然下降，下游壮族村的稻田干裂，成片成片的稻穗苍白无力地举着枯干的头颅。居住上游的仫佬族兄弟看在眼里，急在心上。如果把水放到下游，自己的稻谷就受损失；如果把河水堵死，下游的稻谷就会旱死颗粒无收。在这个节骨眼上，仫佬族村寨的几个老人蹲在祠堂里一起商量："不能光顾自己啊，人心都是肉长的，壮人、仫佬人同饮一江水，就是一家人，要放水！”最后决定在河中间搞个闸门，按各村田亩面积多少，分流量，然后以烧香计时，给稻田供水，这样一来保证了上下游稻田基本用水，终于扛过了旱灾。这年上下游的稻田都有好收成。那年春节，下游的壮族兄弟杀猪宰羊到上游感谢仫佬族兄弟大旱之年送来的“及时雨”“团结水”。在联欢会上，两个民族兄弟唱起欢快的山歌：“门口小河水好深，一片田地大伙耕，各族好比亲兄弟，麻绳串连一条心。”小河淌着一串串记忆，泛着岁月的流光，也时刻滋润着沿岸各民族兄弟的友善情谊。

啊，这便是仫佬山乡一条很普通的小河，源于万缕清泉，沉静地向东流。我觉得这小河之畔的一草一木，都有一个动人的故事！

清明记事三则

扫墓新风气

记得小时候，清明扫墓，家里穷，买不起钱纸、香根和祭品，父亲便自己动手做。清明前几天，他从街上买回很粗的草纸，剪成像纸币一样大小的长方纸片，叫我用一根半圆的铁筒，在纸上打成一个个像铜钱大小的洞，打多了，我手上都起了泡泡。那根铁筒不知用了多少代了，一头被打得短了一大截。清明那天，我们家族几十个人，挑着各种祭品，要走十几里的山路去扫墓，大家都累得喘不过气来……

如今清明扫墓，与过去大不相同了，可谓今非昔比。今年清明我回老家扫墓，仔细观察有三多三少。首先乘车去扫墓的多，走路去的少了。清明那天出城的车堵了十几公里，寸步难行。我们村子的一处墓地靠近公路，扫墓的私家车停放着几十辆，那场面十分壮观；其次是打扮时髦、靓丽帅气的青年男女多，衣着古朴的老人少了。如今在青年人中，道德观有很大进步，崇拜先祖，感恩父母的年轻人成了每年清明扫墓的主力军，他们不远千里风尘仆仆回家祭拜祖先，烧香磕头，五体投地，十分虔诚，这是对中华传统文化的传承，是青年人感恩思想的彰扬。我见到此般情景，感到无比宽慰。

最有趣的是，如今扫墓烧现代祭品多了，烧传统的祭品少了。现在扫墓不仅仅是烧钱纸和香根、蜡烛，还要烧很多纸制的现代祭品，像电视机、电冰箱、洗衣机、空调、小轿车、摩托车、手机、电脑等。有朋友给我讲了这样一则笑话，说是某人清明回家扫墓，去买祭品，居然看到有纸糊的苹果手机，有些不以为然，啊哈！苹果手机，老祖宗会用吗？店老板白他一眼说：乔布斯都亲自下去教了，你还担什么心？他便买了一个，刚转身要走，老板提醒：买个手机套吧，下面挺潮湿的。他说好，买了个手机套。老板接着说：再买个蓝牙耳机吧！让祖上在下面开车打手机方便。他又买了个耳机。老板继续善意地提醒：最重要的还要买个充电器啊，否则祖上找你借就麻烦了……这虽是个笑话，却说明如今清明扫墓有很多新的风气。

巧遇亲戚

按我们仫佬族的习惯，清明先在自家扫墓，然后才到丈母娘家扫墓。清明第二天早上，我和妻子一同回她家扫墓，临走前，我们到街上买些祭品和礼物。大街上到处是清明扫墓的祭品，种类繁多，应有尽有，我们都一一办好了，然后打算买些水果回去。水果摊也很多，不知哪摊好。正当我们犹豫时，有一位中年女摊主热情地打招呼："买水果吗？我这里的水果最新鲜，刚进的货！"我们便走过去，看了看，妻子问："苹果多少钱一箱？""六十块！"妻子打开一看觉得不太好，便随口说了句："这苹果那么小，还要六十块呀？"女老板不屑一顾地说："有好的呀，一百块一箱，你买得起吗？"我说：“嗨呀！是祭祖用的，再贵也要买啊！”她抬头看了我一眼：“你舍得买，就要一箱呗！”“那就要一箱吧！”

这时坐在一旁的老太太问道：“你们是回哪里上坟呀？”“回地久村！”妻子边交钱边回答。老太太笑着说：“啊！我有个大嫂是从你们地久嫁过来的！”“你是哪个村的？”妻子问道。没等老太太回答女摊主便随口答上：“我妈是地姚村的！”妻子走近老太太，笑着问：“你大嫂是地久姓什么的？”“姓覃！”她们便一问一答地聊起来。老太太告诉我们，她大嫂在地久有五个姐妹，她是老大，有个妹夫在自治区当领导，经常在电视上看见，就是从来没见过真人。有一年听说他回县里，她们特地赶到县城想看他一眼，可到县城，他已赶回南宁开会了，好可惜！还是没见到真人！听她讲完这些，妻子给我使了个眼色，用仫佬话说：“她讲的人九成是你！”便问：“老人家，你记得她妹夫叫什么名字吗？”“记得，叫潘琦！”妻子笑着说：“是自家人啊！我家老头就是潘琦，你大嫂是我大姐！”老太太惊吓地再看了我一眼：“哎呀！真的！难怪有点面熟！跟电视里一个样！”我笑着说：“老人家，对不起了，真是大水冲着龙王庙，不识自家人啊！”妻子说：“既认了亲戚，你跟我们一起回地久做清明吧？”“不了，我要和女儿看水果摊啊！”

妻子回到地久，和大姐一打听，那老太太果真是大姐夫的堂妹！人生真的有许多无巧不成书的事情啊！

佬山乡诗情

听说我回家过清明节，几个朋友决计要和我一块到罗城看看仫佬山乡旖旎的山水风光。遗憾的是回到罗城，阴雨蒙蒙，仫佬山乡一派“清明时节雨纷纷”景象。县长是个很热情的仫佬人，他很真诚地邀请我们去参观新建的成龙湖公园和规划中的凤凰古城，说这是自治县三十年大庆的重点项目，很值得一看。盛情难却，我们冒着纷飞细雨前往参观。

于成龙是清代人，在罗城当了七年的知县，他清政为民，廉洁一身，做了许多得民心、惠民利的事情，被誉为一代廉吏。为了开发仫佬山乡旅游业，县政府在原水库，原城郊的一个水库基础上修建了一个湖光山色的景区，为纪念这个清官，取名成龙湖公园。公园规模不小，已修了宝塔和一些亭台楼阁，曲桥流水，拓开了一个偌大的广场，供群众活动。县长告诉我们，这里将修建于成龙博物馆和仫佬族博物馆，集中展示廉政文化和仫佬族文化，打好仫佬山乡两张文化品牌。规划中的凤凰古城集中展示仫佬族的建筑风格和独特的民族风情与习俗，是仫佬山乡人文旅游景点。我们一边浏览这湖光山色，精美建筑，一边聆听县长如数家珍的介绍，心情格外高兴，朋友们冒雨拍了很多照片，都赞美仫佬山乡别具特色的山水风光。

我的家乡在县城东面，村子挺大的，有几百户人家，村后有一座很像凤凰玉立的大山，山上密布的树林，绿茸茸，翠滴滴，像是凤凰的羽毛，村子因此而得名“凤立村”。因村里出了几十个大学生和研究生，又被誉为“仫佬族秀才村”。山下有一口清澈的泉水，长年潺潺流淌，水质特好，饿了，渴了，喝上几口泉水，便精神起来。泉水从村前流过，成了一条小溪流，四周山都很秀丽。前几年有人在这里建了一个旅游景点，城里人常来这里游玩、野炊、烧烤。我领着朋友们游了一遍整个村庄和景区，大家兴致很浓，流连忘返。中午家里人为我们准备了丰盛的仫佬族饭菜，亲朋好友围坐一起，在新建的小楼里打火锅、喝土酒……

席间，朋友对我故乡山水大加赞美，昌文先生诗兴大发，几杯下肚，即席吟了首七律：“凤凰山下草青青，杜宇寻芳田埂鸣。细雨微风飞紫燕，诸卿圆梦访华庭。廉官太保初入仕，仫佬秀才远扬名。滴翠簪峰云变幻，山村绿抢卧清宁。”阿波先生平时不大吭气，此时诗情涌动，亦即席赋诗一首：“杏雨沾衣杨柳吹，家园梦里今又回。上风立屯堪记忆，温情慈母接儿归。”我很受感动，对朋友的赞许，对故乡如今的沧桑巨变，亦有感触，即步昌文先生诗韵作了首打油诗：“清明时节万树青，凤凰展翅对天鸣。昔日山窗飞紫燕，今朝凤立才满庭。自古学而优则仕，祭祖报国不为名。立志实现新梦幻，山乡业兴人安宁。”

诗韵在心中回荡，友情在朋友间骤长。此时我想起一位哲人的话：“常怀感恩之心是一种荣耀，常念相助之人是一种幸福，常注激动之情是一种美好，常思友谊之意是一种快乐。”人生莫过如此！

走访坳背寨

一场春雨过后，阳光格外明丽，泥土里冒出了许多嫩绿的芽儿，山花开始含苞吐蕾了，南方的春天较早地回归大地，到处生机盎然。

听县委宣传部的同志介绍，坳背寨是方圆十里八寨中环境卫生、社会治安搞得最好的寨子，请我务必去看看。恭敬不如从命，吃过午饭，便驾车往坳背寨而去。

车子在寨子前的一个地坪里停下。村里的干部早在那里等候。村副主任是一个三十岁的青年小伙子，他的话不多，人很真诚热情，他同我们一一握手，连连说："难得领导老远到我们寨子参观指导！"

我们沿沙石小道往寨子里走去，两旁的花草似乎在欢迎我们的到来，点点头眨眨眼，随风摇曳着。寨子前立有一块石碑，这是全区爱国卫生检查团专门刻制奖给坳背寨的，上面写着："文明卫生，百业兴旺。"我相信，寨子里的人们，每每看到这块碑，会备感自豪，因为在全国赠匾送旗是常有的，但送奖碑的，估计不会很多。

寨子的屋舍散落在山间平坝地上，背山向水，一色的木楼瓦房，炊烟从瓦缝里升起，霭霭地散入山间。寨子的背后山岩苍郁，生长着古木幽草，前面一道山溪流出树丛，两岸翠竹成林，溪水清澈见底，绕青石而下，潜过石桥，折作几叠小流溪，隐进丛林，再注入大河。

山里的生活是静的，一种绿色的恬静。

我们拾级走进寨子，登上路边一间木楼，屋里打扫得干干净净，生活用品摆放得有条不紊，整齐有序，屋里屋外清洁极了。这时从屋里轻轻盈盈走出来一位少妇，三十多岁年纪，素色的上衣，翠蓝的长裤，山风似的飘出来，婷婷地站在面前，伸出素洁的手，置着桌椅，请我们坐下。随后又是斟茶、送果。茶的清香，随着春风飘满整个屋子。品一品茶水，醇香沁骨，余味绵绵；尝一尝柑果，甘甜可口。女主人说，这些都是自家生产的。我问她，这都是上等佳品，一定卖得好价，今年收入如何？她说，今年靠种养，全年收入有一两万元，明年想要建一幢新的木楼。说完嫣然一笑。

随后我们走进了好几家木楼，都同样干净清洁。一家木楼下修建的小花园把我们吸引住了。屋的主人是一对年过花甲的老人。小花园占地不到半亩，田园用冬青树植成的围墙剪得整整齐齐。园子里种着各种各样的花草，生机盎然，中间还点缀着几块奇石。远远看，像一幅精美别致的山水画。老人告诉我们，孩子们长大分家后，都建起了新木楼，他们不想和孩子们住在一起，决定要守着老屋。小花园原来是个茶园。老两口闲着无事干，两年前便把茶园改成了花园。说到这里，老人笑着说："我们要像城里人一样，也要提高生活质量呀！"

是啊！城里彩色的风吹进了寂静的山坳，木楼屋顶上架起了电视天线，水碾换成了电磨，寨子里的姑娘也到山外去烫头、买美容霜和花露水……

登上老人家的木楼，门窗都敞开着，屋照样打扫得干干净净，厨房的锅台用马赛克镶嵌着，洁白干净。推开卧室也是一道亮丽的风景：花被折叠得整整齐齐，衣物挂放得恰到好处……这一切，如同一串串跳跃的镜头，摄入我们脑子里，此时此刻，真忘了自己是站在一个普通的农家里。

坳背寨居住着壮、汉、苗、瑶、侗五个民族六十多户人家，他们和睦相处。整个寨子历来就有遵纪守法，团结互助，讲究卫生的习俗，如今仍然保持着这优良传统。寨子无吸毒、无赌博、无盗窃、无斗殴现象，夜不闭户，道不拾遗。尤其是前几年用上沼气后，带动了种养业的发展，群众生活富裕起来，建起了新楼房，用上了自来水，道路硬化了，文化室、广播室、党员活动室相继建立起来了。人们眼看着坳背寨一天天在发生变化！

坳背寨原先是一个普通的山寨，如今远近闻名是因为清洁无污染，山媚水秀，花鲜草香，气纯象真，四溢的灵气孕育出天地间纯美的生命来。更是因为这里的人们对新生活的热爱，对美好未来的憧憬，对幸福的无限追求！

掌灯时分，春雨还在纷纷下着，村民组长决意邀请我们到他家做客，盛情难却，我们只能答应留下吃晚饭。登上村民组长家的木楼，一股浓烈的香糯味迎面而来，一切都是准备了的。大家围坐在火塘边，喝着土酒，吃着腊肉、腊肠，品尝着各种野菜、山菇……所有这些对城里人都是新鲜可口的。席间村民组长说："这菜都是我老婆做的！她可是个能干人！"女主人动动嘴唇，似有表示，却不出声，两朵红晕羞羞地洇在脸上，甜甜一笑，那笑容纯粹、透明、自然、自在，像溪水的鸣溅，像春波的闪光，像山花的醉红……我想，坳背寨的每一个人都有这样的笑脸吧。

离开坳背寨，我已无心再去游览别处了。景色何处没有？再好的景色也是过眼云烟，唯有如同坳背人淳朴的民风、良好的风范、清静的环境、平静的心态是值得我们细细品味的。在不断走向现代文明的今天，只有把中华民族的优良传统与现代文明结合起来，不断弘扬、创新，才能有一个充满希望的明天！

再访龙州

6月，我再访龙州，这时南国已收起春天的温顺。炎夏，变得威猛无比，灼热的空气像滚动的火焰，在街头、田野、山地奔突。

“三菱”越野沿着崎岖的山麓缓缓行驶，扑入车窗的景色，使我萌生一种全新的感触。那碧天的云、苍翠的山、阳光普照的蔗林果园，俨然一位身披绿色丽纱的少女，在灼热的热风中起舞，展现着消魂的英姿，诱发着我的奇想，撩动着我的情怀。几年不见，龙州变了，叫我赞美，使我骄傲，催我兴奋！

蓦然，一阵细雨从天散落。雨过天晴，一条绚丽美妙的彩虹从空中飞了出来，飞向白云飘绕的天际，仿佛穿过时代的烟云，把我带进了一个遥远而又悲壮的历史画面！

龙州，自唐武德四年便有建制，是历代兵家必争的边防要塞。在古战场上，残阳西斜，苍烟落照，野草丛中仿佛还弥散着浓雾般的硝烟。从远古深处走出来，红八军军部里，世纪伟人指点江山，运筹帷幄，发动龙州起义。红八军的官兵，在这里熔铸、汇织了一曲高亢、雄浑的军歌，仍然在崇山峻岭间萦绕、激荡……。清清的丽江水在山城间哗哗流过，多少世纪就这么流着、流着，给古老的山城添增灵气。广西最早的海关、古航道、军用公路、电报局、火车站、外国领事馆等都出自龙州。秀美的山河风光、灿烂的历史文化、浓郁的少数民族风情和异国情调相汇交融，使这座古老的山城成为桂西南历史文化的胜地！

历史总在前行，我们从革命传统的骄傲中走出来，走向新的骄傲，我们从人类的文明里走出来，走向新的文明。昨日沉寂贫穷，苦楚辛酸的山城，如今是那么鲜亮、那么光泽、那么清秀、那么明媚。现代化色彩很浓的家庭，随处可见，小康不再是村民们难圆的旧梦。那天，县里的同志领我去参观一个新村，映在山村的骄阳是一色的灿烂，山风吹拂，树林微微摇曳，村路是一条用水泥铺筑成的平坦大道。整个村的布局充满着现代感，一幢靠着一幢，一色的高门楼，一样的大阳台，一式的明堂客厅，一样的前廊后院，还预留了一块空坪做车库。村长告诉我，新村的建设打破了原有宅基地的格局，村民们很自觉，没有出现过争地基的口角。他们靠着种植甘蔗、八角的收入，靠自己的双手，使一幢幢新房从残垣旧墙中建起来。老村长说到这里，脸上露出笑容，显出农家的殷实与富足。新村还没有完全建成，但她像一幅绚丽多彩的画片储存在我深深的记忆里！

龙州，虽没有首府的繁华，没有桂林的秀媚，可是，她却拥有别的都市所没有的严威与别致，玲珑与秀美！每天，太阳轻轻从山头跃起，南国边城便开始喧嚣起来，车水马龙，人声鼎沸……日影西斜，华灯初上，火树银花，满街依然是流动的人群，现代屋宇中飘逸出的歌声，在群山夜空中回荡。我凝视这一切，像一个熟悉的微笑、像一支深情的赞歌、像一首优美的情诗。伫立在茫茫的绿色之中，巍峨的山峦之上，俯瞰那掩映在绿色中的山城，回望山城绵延的历史，你会尽情体验到伟大与渺小、恩赐与惩罚、邪恶与温良、愚昧与崇高……

古老的传说中，龙是能走善飞、呼风唤雨、变幻莫测的神奇动物，给人们带来吉祥与幸福。龙州如何得名，我没有认真考究过，想必会与龙有关。因为在龙州人的生活中，都把龙供为精灵、神物，人名、地名、山名冠以“龙”字的有很多。新改建的红八军纪念馆，精明的设计师就刻意在红军广场的构思上突出了龙的神形，龙的精魂——一条巨龙从大地腾飞起来，这是绝妙的构思，从中窥见了华夏源远流长的历史和深厚的文化底蕴，一幅古老与现代、壮丽与雄浑的画卷展现在神州大地上！

我伫立在红八军纪念馆主体工程的工地上，想了很多很多，不久这里将成为瞻仰革命先烈、园林绿化、休闲娱乐、旅游观光的集萃之地。此时此景，我感到了历史的庄严和现实的充实，似青春之火的幸福深深感染了我，不禁想起李大钊先生说过的一段话：“无限的‘过去’都以‘现在’为归宿，无限的‘未来’都以‘现在’为渊源。‘过去’‘未来’的中间全仗有‘现在’以成其连续，以成其永远，以成其无始无终的大实在。一掣现在的铃，无限的过去未来皆遥相呼应。”先人和前辈，创造光荣的历史，辉煌的过去，今天我们要满怀豪情去创造，去迎接光明而美好的未来！

龙州明天会更加灿烂辉煌！

凭祥感怀

不久前，我又一次走进凭祥，在新的楼宇、街道和新城区中行走，到友谊关、平岗岭、平而河重游，进浦寨、弄怀边贸城采购，突然有种异常亲切的感觉，许多尘封的记忆欣然复活，特别是走过那繁华的街道，看见满面笑容的市民，琳琅满目的货物。这一切，早已使昔日的凭祥面目全非。但我依然能准确地回忆出过去每一条街道、每一个铺面的状况和位置，因为我无数次到凭祥，对她我太熟悉了。

那天，市领导陪同我一起到新城区看看，这里不到二三年，就建了许多新楼房，每幢新居都宽敞光亮，洋气十足，商店、饭馆、银行、娱乐中心都建了起来。市民生活的一切几乎应有尽有。在一个中心区开辟了一个面积不大的广场。绿色的草、清清的喷泉、别有特色的雕塑和衣着华丽的人们，构成一幅美的图画。市领导说，晚间和清晨，市民们和外地的游客常在这里乘凉、散步、唱歌、跳舞、健身，五花八门，热闹异常。我想起，十年前，凭祥要举办一次边贸洽谈会，连块能容纳一千人的场地都找不到，只好在市中心一条沟河上盖上水泥预制板，搭起一个小小的“广场”，对付着用。如今，整个老市区新楼鳞次栉比，旧日院落、房屋早已所剩无几，行将消失。新的楼房如雨后春笋般拔地而起。走在崭新的柏油路上，就像走一条金光大道，那么亲切，那么激动，那么令人心潮澎湃！

当年，有关专家曾经设想过，把凭祥城区向北面扩充，与宁明、龙州连成一体，形成一个大凭祥的格局，把她建设成南国边陲一个通往越南及东南亚最大的边境城市，最便捷的陆路大通道。这个构想的科学依据在于凭祥有得天独厚的区位优势和人文优势，市区距越南首都河内市仅一百六十公里，距广西首府南宁二百三十公里，湘桂铁路经市区在友谊关与越南主要铁路干线连接，南友高速公路修通之后，行程不到两个小时，是中国去往外国首都最近的边境口岸城市。1992 年国务院正式批准凭祥市为沿边对外开放城市之后，她的地缘优势更加凸现。经过十多年的努力，如今已建成了浦寨和弄怀两个边贸城，成为中越边境上中国最大的边贸市场。这些优势和资源都被专家、学者们充分肯定，并极力主张推进凭祥行政区划的扩大与升级。然而，由于种种原因，没有了却凭祥人的心愿。时过境迁，木已成舟，无可挽回。人们从心底里感到几分惋惜！

每次到凭祥，都少不了去看看友谊关。它是中国九大名关之一，之所以有名是因为清末中法战争中，闻名中外的“镇南关大捷”就发生在这里。同时，它经受了无数历史的风雨、沧桑的演变。据史料记载，明朝时，友谊关上设有昭德台，关后建有关帝庙，关口两旁筑有城墙。清时，边关楼一层，两重门，贯以通道，外门额书“南疆重镇”，内门额书“镇南关”，可见其地位之重要。如今开放为旅游景点，许多中外游客为目睹这一边关的雄姿和风采，纷至沓来，友谊关成为一道神奇而亮丽的风景线。

那天，由部队的同志引着我们趋步关口大楼，陈毅元帅书写的“友谊关”三个大字依然耀眼夺目，楼层经过一番修理，作为陈列室，墙上挂满中越友好交往的历史照片。十分珍贵！我们下了楼，沿廊走路，来到关前的小广场拍照。广场上绿树成荫，游客熙熙攘攘，一派祥和。一些年轻的旅客，手拉手又唱又跳，十分开心。环顾四周的崇山峻岭，友谊关巍然屹立其中，此情此景，令我心潮骤然涌动，灵感顿生，写下这样的词句："你经受多少风雨，依然在崇山峻岭屹立；你写下多少历史功绩，每一页都是那么壮丽，睦邻友好，源远流长，边关有你更加美丽；你流出多少传奇，展示华夏民族魅力；你走过多少人类世纪，每一步都留下足迹；和谐边境，共谋发展，边关飘荡七彩虹霓。啊，友谊关，你敞开博大的胸怀，欢迎四海宾朋，东盟兄弟！"今天，友谊关正向人们展示着这样一种无比的魅力和迷人的风采！

返回住地，夜幕已经降临，车窗外繁星闪烁，灯红酒绿，一派南国边城夜的景色。随着我国国际地位的日益提高和边境的睦邻友好，这里日见繁荣，特别是中国—东盟自由贸易区的建立，凭祥的地理位置十分重要，必然成为一座边境闹市。市里领导谈到今后发展的规划，雄心勃勃，敢想敢干，他说要把市区向内地扩大，把行政中心从现在的旧城区中搬出去，让出来搞商业开发，要开发新工业区，建商贸城和文化娱乐城，等等。要降低门槛，引进外资，扩大边贸，增进与东盟各国的交往，把凭祥建成中国—东盟自由贸易区的桥梁和纽带。大家听了很受鼓舞，很振奋人心。末了，他说，如果当年早这样干，到现在凭祥已初具规模了。大家频频点头……

是啊！逝去的，抹不掉；失去的，挽不回；走过的，有回味。此时此刻，有别样的感受。但我们不要把心思浪费在无可挽回的令人后悔的事情上，而是要把精力放在那些将来有可能成功的事情上，我们需要有激情去拥抱美好的明天！

本色西林园

我游览过桂林许多名山秀水，唯独没有到过被誉为“岭南名园”的雁山西林园。那天一位画家给我绘声绘色地描述了那里的奇丽风光和历史文化，我心动了，决计要亲眼目睹雁山西林园的风采。

初夏，桂北天气晴朗，阳光明媚，我们从桂林市区驱车，不到半个小时，便抵达雁山。当我步入西林园，映入眼帘的是一片安静和绿荫，野趣盎然。古老的屋宇掩映在绿树丛中，两座石山显于园中，双双对峙，一棵棵相思树密植成林，崎岖的小径被野草掩没了，漫步寻觅方可前行。透过翠绿的相思林，撩开长长的枝叶，一缕缕透明的雾纱缠绕林园，一束束多彩的霞光荡漾在林间和屋宇上。迷人的微风夹杂着悠悠岁月的芬芳，传送着玉兰和红豆花的清香，好一派秀美风光。宁静深沉的森林，清新湿润的空气，怎不令人陶醉与神往。脚下，古道蜿蜒、曲径通幽。此时此刻，脱凡超俗之感油然而生，思古怀幽之情悄然而至。

雁山西林园修建于十九世纪中叶，园主是清进士唐岳，当时他是一方土豪，为显自己的势力和“雅士风范”，耗巨资在雁山风水宝地的青罗溪畔修建一座园林别墅，后皇帝御笔题写“雁山别墅”，是一处中国式古典园林建筑，具有浓厚的中原文化气息。后为曾先后任过四川、两广、云贵总督的岑春煊购得，岑氏为广西西林县人，故改名为“西林花园”。

我们在园中漫步，园子以森林景观为主体，溪清潭碧，文物古迹点缀其间。园子很大，有些荒疏。虽然在这里办了所农校，但因园子太大，师生们也管不过来。看到那敦厚的老屋和别具一格的砖木结构的楼阁，独特的创意使我惊叹先辈的匠心。

在西边的小石山上有一个岩洞，取名桃源洞。洞四周相思树成林，进洞的山路石头因长年湿水，长了青苔，很滑，要一步步探索着往前走。洞内因年久失修，石多风化，建筑也荡然无存，岩上只留下民国时某官员题写的“西林花园”和岑西林的遗像。眼前所见与史书中的记载全然不同。我心里很不是滋味。

近处传来潺潺的水声，循声走去，是一条小溪，她穿越了多少山山岭岭，淌过多少时时日日，才从深山，从远古流到这里，又从岩石缝里流走。这是一条神秘的山溪，是一颗闪光的风景明珠，有一种灵气，一种俊美。它永不枯竭，不息流淌，流向江河，流向大海……

在溪水边，我看见几位老人在垂钓，水低、水绿、水近，映出树木、屋宇、老人、小桥的倒影，勾勒出一幅恬静的山水画。

园中的屋宇古朴典雅，是一幅民情风俗与自然景观融为一体的山水画。在石山与绿树之间，在溪水畔塘修建了玲珑的楼阁，有“函通楼”“八角寨”“碧云水榭”“小姐楼”“公子楼”。我们走近“函通楼”，这是一座两层楼的跨江建筑，雕梁画壁，颇为壮观。水榭为跨湖通道，有上下两层，漫步其上，湖光水色尽收眼底。这些建筑与山水巧妙地织就一幅画，一首诗，一帘绿色的彩带，格外秀丽迷人。历史在这里滞留了很久，岁月没有淹没历史的沧桑，留给未来的是一个个美好的祝福！

我怀着浓厚的兴趣，时而蹲着凝视，时而伫立远眺，这种奇丽而迷人的地方，地处闹市之郊，既听不到市井机器轰隆的嘈鸣声，又无城市烟灰弥漫的空气污染，静谧清新。人们的记忆往往会被无情的时间冲淡，而历史的回光返照会使人们淡淡的记忆复活起来，一桩桩，一件件的史实，顿时会展现在眼前。一个朋友介绍说，1934年，一代教育家马君武先生在这里创办了“广西省立师范高等专科学校”，这便是广西大学的前身，是广西近代教育的发祥地，具有丰富的文化底蕴。许多文人墨客都到园中休闲、息憩，赋诗作文，可惜年久失散，现有所存无几，只有一首记载于史志之中而流传至今：“名园八桂岭南天，水绕山盘竹桂边。红豆相思绿萼老，雁山烟雨学神仙。”从此诗的意境，可窥当年园中的迷人秀色。

这极富文化底蕴的幽静，给人多少诗意的创造，渊深的识力，正是基于这种幽静，人才得以窥视到自然的内在和谐和深心用意。正当我沉浸在这梦幻般的幽静所带给我的不尽至乐和飘然时，隐隐地，仿佛听到了什么。我在沉寂中侧耳倾听犹如听到大地的心跳，听到历史的脚步声，听到时代的呼唤。啊！雁山怀着春的信息，奏着夏的旋律，捧着秋的金黄，沐着冬的纯洁，向着我们奔驰而来。

站在这历史文化的源头，我咀嚼着严峻的史实。我们常常立志去寻找文化的根，其实有时根就在脚下，就在眼前。一切文化都有典型，都有其神奇的地方。西林园尽管不是远古时代的园林，却可从一个历史时期赋予其文化的形象。

搁了几十年的雁山西林园，真叫人惋惜。不过现在有慧眼志士看到了她，看重了她，看好了她。自“漓江画派”在八桂大地崛起之后，一些企业家对此很感兴趣，决计进行画派与企业联姻，并着手办一个经济文化实体。经过多处考察，选准了西林园，他们要投巨资把整个园林修复起来。西林园从沉渊中醒来了，我克制不住心底的激动，喃喃地说：“这样可好了，这样可好了！”明天这里将是一处为文化人、游人注目的胜景，“漓江画派”也将借此大展宏图。

我们临离开时，园林的主人说，今年有很好的兆头，这里的红豆树极少开花，今年春天整个园子的红豆树都开了花。举目四望，那一棵棵相思树密密匝匝，绿得那么晶莹透明，碧彩缤纷。是啊！多少年了，浩瀚天宇，月转星移，红豆树以自己的美姿，闪烁着绿的华美，绿的平静，它向未来无穷无尽繁衍生息，烘托这世代的良辰美景。红豆树的绿色掩映着大千变化的奇花异草的世界，既使人憧憬未来，也叫人触景生情，流淌着秀美山水激起的无限情怀。

的确，面对这古老的灿烂文明，这八桂文化的发祥地，谁能不从心里感到由衷的自豪啊？然而作为后人，看到先辈创造的光辉业绩，又怎能不扪心自问，我们为古老的文明增添了多少光彩？

告别了西林园，斜阳如火，晚风轻拂，我带走了红豆的一片幽香，捎去西林园的本色……

解读黄姚古镇

这就是我怀想梦寐中的黄姚吗？这就是发祥于千年之前的古镇吗？在那刻着“黄姚镇”三个古体字的青石碑前我沉思许久。我从千里之外匆匆赶来昭平，来到这崇山峻岭之中，就是为了寻觅古镇文化的遗踪。哪怕是一片纸，一块匾，一幢房，一堵墙，也企望领略古镇的文化风格，解读它的真情实意。

黄姚古镇建于宋代开宝年间，兴于明末清初，经近千年的沧桑风雨，几历沉浮，积淀了深厚的历史文化内涵。据史料记载，黄姚曾是不毛之地，荒无人烟。后有黄、姚二姓人家到这里安营扎寨，繁衍生息。至元朝末年，才有他姓迁来，但黄姚两姓居多。到宋朝皇祐年间，狄青南征，宋将杨文广率部到达黄姚，因不知此地名称，问及当地土著人，得知这里居住的多姓黄姚，便把此地称作“黄姚”，古镇因而得名，一直沿用至今。

走进古镇，举目环顾，眼前如一幅山水美景。四周群峰耸立，一条溪流逶迤环绕，古木参天，翠竹成荫。时值春初，阳光明媚，春意盎然。和煦的阳光普照着古镇的物物景景，那一溪流水更显得洁净晶莹，清澈灵动。这就是人们称之为“九龙结穴”的宝地。随行的县委领导同志介绍说，清康熙至乾隆年间是黄姚镇鼎盛时期，经济空前发达，各氏族为求人财兴旺，泽被后代，世代相传，广筹资金，在古镇选址建造宗祠。当我们走进这些宗祠，目睹这古建筑的风韵，真可谓大长见识，黄姚的这些宗祠结构精致，规模雄伟，装饰豪华。门前有大石阶，祠内有宽阔的门廊、厢房，正中还有天井，两旁有小花园，别具桂北屋宇风格。墙上画了许多花木禽鸟壁画。这些壁画构图美观，线条流畅，工艺精湛，形成了风格独特的黄姚宗祠文化。

我似乎从来没有像现在这样仔细观赏过旅游景点，也从没有像现在这样陶醉、激动。这里的确有一番韵味，它的趣味是高雅的，是古朴的。每一块石碑，每一副对联，每一方奇石都风格迥异，足以让游客虔诚地叩首和由衷地赞叹。其实古镇本身就是浩荡的史诗和画卷。相传，黄姚人非常重视教育，读书之风隆盛，文化氛围淳厚。这里人才辈出，文人墨客过往繁多。他们时常倘佯于古镇秀丽的山光水色之中，以吟诗作对为乐。众多的亭台楼阁、寺观庙社为他们提供了施展才华的天地。经近千年的积淀，古镇形成了别具乡土特色、地域风格的诗联文化，成为后人的一份珍宝。

古镇东门楼是最为雄伟壮观的建筑，门栏上的对联则更气势雄浑。

外联是：

川达三江直绕遇珠海姚溪雄吞西域

楼成五凤特耸出螺峰文峡关键东门

导游解释，此联描绘了黄姚古镇的地理优势和门楼的雄伟气势：古镇交通发达，一条川流环绕黄姚，抵达东海；青石板铺设的古驿道，延伸向远方，前可抵三江，后可吞纳西面广阔地域。作为黄姚古镇重要入口的东门楼耸立在螺峰和文峡之间，气势雄浑的门楼可与皇帝内宫的五凤楼台媲美，实为镇守古城东面的重要关卡。

内联是：

明月照山间月移山影行人往

清风飘云际风送云踪去复来

此联描述的古镇风清月明，山清水秀，犹如人间仙境。不仅生活在青山秀水之间的黄姚人惬意舒适，悠然自得，即使是清风行云也不愿离去。依恋不舍，刚离开又悄然归来，山水有情风云有意。

古镇的楼阁是教书育人之地，也是人们休闲憩息的场所。这些楼阁的对联很富哲理。文明阁第一道山门上书写着“文明首第”四个墨然大字，两旁对联：“道德隆千古，文明推首第。”

第二道山门外联写着“春入水愈响，秋高山更清”，横批“有声门”。此联描写天马山、文明阁春秋两幅画卷。春天，春水泛起，昔日蜿蜒轻柔的河水变得欢畅奔腾，波涛阵阵，奏响美妙的万籁之声；秋天，秋高气爽，天蓝地远，更显山的苍翠清晰。真是一幅山水美景。其内联则很富哲理，寓意深刻：“星临平野阔，山似洛阳多。”此联写在有声门之后，游人瞻拜了真武帝、关圣公两位文武圣人之后，回首观读此联，顿生感悟。“星临平野阔”，意即自己再有才能、本领，天下之大，也只不过如宽阔平野的一颗小星星；“山似洛阳多”，说天下栋梁之才如同都城洛阳中的一样多，自己又算得了什么呢？为人千万不可骄纵自傲，应谦逊为好。

黄姚古镇民风纯朴，世代崇尚诗书礼乐。“乐者天地之和也，礼者天地之序也”，乐能陶冶人性，融洽人情。古戏台前有对联：

闻其声乐则生矣不妨既竭耳力

观其色人焉廋哉仍须继以心思

此联叙述了歌乐的特别功能，闻到如此美妙动听的音乐声，快乐则可以永生，那就竭尽耳力去仔细听吧；看到如此美妙动人的表演，人怎会想到隐归于山林，正需要人们开动心思去思考人生与未来。对联疏朗、流畅，洋溢着欢乐。其水平、韵味，足够研读。

古镇对联很多，对仗工整，寓意深刻，书法绝妙，文化味十足。有幸到此地游览、观赏，是一种幸福，一种享受，一种陶冶。在这里我真正懂得，古人都能把平凡、琐碎的生活，美丽的景色化为高雅的文化艺术。生活是应当讲究质量的，人与自然应当是和谐的。崇尚自然，贴近自然，美化生活，这是时代进步的象征，亦是人类社会的极致。

谢鲁山庄写意

十多年前，我慕名第一次来到谢鲁山庄。然而当我踏进山庄时，却是一片荒凉的景象。地上杂草丛生，路上青苔满布，竹木在风中摇曳，花草枯萎凋谢，几间屋宇斑驳的粉墙上闪着点点光亮。几乎没有什么游人，整个山庄的影像仿佛在虚幻中浮动，我心里空茫茫的，只好留下一片深深的遗憾，匆匆离去。

谢鲁山庄是距今八十多年前建造的私人庄园。据说，是全国迄今保留得最完整且是最大的四大私人庄园之一。山庄设计独特，依着本地山形布局，按照地势高低构建，从低到高，迭迭而上，造型奇特，独具风格，既有苏杭园林的精巧，又有南方山地建筑的粗犷。它把自然风光与人文景观融为一体。近年来，当地政府拨出专款，对山庄进行了整建修复，面貌已焕然一新，好几部电影和电视剧曾在这里拍摄，山庄声名远播，许多国内外游客都纷纷到这里观光旅游。

今年深秋，我再访谢鲁山庄，并决计在山庄里住上一宿。那天傍晚，我们一行来到这里。老温同志是山庄权威导游员，他已在这里工作二十多年，对山庄的一草一木、一景一色了如指掌。在夕阳的掩映里，我们刚跨进山庄的门楼，他便拉着我的手，操浓重的客家口音，一边讲解，一边如醉如痴地啧啧赞赏起来，好像他也是刚到这里一样。

山庄确实是一个环境幽静，景色秀美的好地方。始建之初，山庄名为树人书屋，后更名谢鲁花园，1980年对外开放，便改名谢鲁山庄。山庄由三座山峰迭连而成，状似鸡爪，气象豪迈，景态壮观。全庄矗立着门、楼、堂、亭、阁、池等诸多景点，均冠以“一至九”的数字。每个字各建其景，每个景各含其义。老温同志领着我们一个个景点观赏，他绘声绘色地不停地解说着。

我们进到一个小门，从外面看很平常、普通。然而步入二门，却豁然开朗，有登入桃花源地的境界。两层围墙，园中有园，外园种果树，里园栽花草。老温说：“这便是一、二两字了！”再往前走，有三个层次，低层叫琅環福地，是迎宾客的；中层叫系湖隐轩，是接待宾客的；上层为树人堂，是读书育人的。三个层次有“三元及第”的寓意。山庄建有四方大门，用以招徕四方贵客；五座假山，宛若五岳朝天；六幢房屋，表示欢迎六亲常临；七口池塘，比喻七面镜子，供七仙女下凡梳洗之用；八座亭子，各有千秋，拟为八面玲珑；九曲巷道，“九”与“久”谐音，比作地久天长。山庄周边共建有十二座游门，意指十二个时辰，运转不息。长廊曲径五千米，象征中华民族的五千年的光辉历程。这里没有一点宽阔的地段，窄狭的路径，都以青砖片石铺成。所有的建筑构造算不得高大，却精致细巧，秀丽明艳，有一种别样的古色古香。我佩服庄主别具匠心的设计，也感谢当地村民对山庄的保护，久经风雨沧桑，山庄仍保留完好，给后人留下一份不可多得的文化遗产。

当我们从半山亭走下来时，已是掌灯时分，一轮皎洁的秋月挂在天边，一片清寒的月辉洒落在幽静的山庄里。我们在一口塘边驻步，热情的老温同志告诉大家，此塘形似一只“荷包”，建在庄园的脐腹之中部，意即钱包挂在人的腰间，故叫荷包塘。月光如流水一般，静静地泻在水面上。塘的北面是水抱山环处，南边为船厅，将船停泊在水中，形成“船靠水行，水涨船高”的深意。明乎其理，对设计者建筑荷包塘的用意便不言而喻了。在这苍茫的月色下，赏月观景，别有韵味。微风过处，送来缕缕清香，远处传来村民们的歌声，悠悠扬扬。不由想起刚才在听松涛阁高悬的楹联：“是风月中人自识得山温水腻，论清凉世界到此即员峤方壶。”这山庄确是人间佳境，风景胜地。

是啊，置身在这洋溢着诗情画意的景色之中，有一种纯美的享受，一种难以言状的感觉。丰盛的晚饭桌上，我喝着山庄主人酿出的米酒，像一股清爽而又温甜的汁水流进心里。抬头望望夜空，苍穹显得空旷，深远。谢鲁山庄在全国众多的旅游景区中或许是个不被人知的小不点，然而，却闪着异样的光，发着应有的热。在旅游已逐步形成产业的今天，她将为美化人们的生活做出贡献！

啊，谢鲁山庄真美！谢鲁的村民真欢！这才是八桂大地美景的一角呢。

春雨杨美镇

那天，我们到杨美镇游览，天不作美，竟下起雨来。

这雨既不属浓云瓢泼，也不属片云细撒，它如丝如线，千条万缕，急促地垂直落下。一时间整个镇子被烟雨笼罩住了。

那蓝蓝的天空，只蒙着一层薄而透明的雨气，阳光依然强烈地照射着一切，晴天云雨，使这古老的小镇显得十分神奇。

我们身边站着一位二十来岁的姑娘，头上留着短发，瓜子脸，秀眉下一双闪光的大眼睛，穿着合身的衣裙，说话虽带有浓重的南方口音，但听了使人感到真诚和热情。

她是这里的导游小姐。

“杨美古镇，真挚、热诚地欢迎你们！雨中看杨美，别有一番情趣。就好像走进古香古色、韵味无穷的画卷，增添许多朦胧的美感！”导游小姐风趣地说。

我们登上游船，溯江而行。放眼望去，两岸风光尽收眼底。雨丝慢慢地飘着，轻柔得如春柳拂面。那江面蒙上一层醉意，荡着丝丝秀美。古镇沿江而建，绿树掩映着古老的屋宇。临江建有古埠码头。导游小姐告诉我们，古镇临江共建有八个商埠码头，最大一个码头有八十八级台阶。这些商埠码头大都建于嘉庆年间，全用砂石条铺成，当年所有的货物都从这些码头到古镇交易，然后从古镇运向壮乡瑶寨。可以想象当年这里繁华的景象。

雨丝越织越密，导游小姐领着我们参观室内景点。这里的一切都显得古朴、典雅。杨美古镇始建于宋代，因她独具水路优势，发展比较快，到了明朝，已初具规模，成为方圆百里的商贸、文化重镇。明清时代建的古屋随处可见，多为砖木结构，青砖蓝瓦，造工精良，细腻秀丽。屋脊、前墙屋顶处大多有浮雕、花草鸟兽画和人物画的图案，玄瓦粉墙，高高低低，经春雨润湿，拂却千年的风尘，显得格外古朴抢眼。仿佛是先人珍藏着的一件宝物，如今献给后人。这是一份无法用金钱衡量的财富，谁都为之惊喜和赞叹！

我们走进举人屋。这是一栋砖木结构的清代建筑，青砖碧瓦，十分富丽堂皇。大正门上面悬挂着醒目的“举人”匾，匾上面赫然镶有大喜字。这是道光八年，杜家第十五代杜之春庭登壬午科，被授予“举人”牌匾。举人屋檐下的墙上绘有各种各样的图案，美观悦目。屋脊两头各塑一条龙，外墙金字顶雕刻有一串花朵，工艺非常精良，经百年的沧桑风雨，仍完好无损。亲临其境，真切地体味到古老的旋律、古老的建筑、古老的民风、古老的文化，令人心旷神怡，流连忘返。

春雨似乎了解我们的心情，慢慢地停了下来。古镇洁净如洗，我们漫步在一条清代时用青石板铺成的街道上。街道南北走向，直通临江古埠码头。据说，这是当年杨美最繁华的街道。青石板经百年风风雨雨洗刷和踩踏，已平滑油光，虽有的地方已显出坎坷凹凸，但仍不会给人留下破败和潦倒的感觉。我们在街道闸门处遇上一位老人，一打听，才知道他是刚从美国回古镇定居的杨美人。他在美国住了四十多年，现在八十多岁告老还乡，落叶归根。他对我们说：“国外再好，也不如自己的家乡好！还是决定回来定居！”导游告诉我们，杨美人非常重视文化教育，古镇人才辈出，当年这条不足百户人家的街道，就有五个举人，至于廪生、增生、附生、大学生等更是遍及全街各户，如今尚在国内国外经商、做学问的不少。杨美古镇实在是人杰地灵。

在古镇中央，人们建了一个中心文化广场。这里是全镇人的文化娱乐场所，每年的唱春牛、唱师会、奏古乐、七巧节等民间文艺活动都在这里举行。我们到这里时，广播喇叭里正播放着《纤夫的爱》，广场上人们正敲锣打鼓，舞龙舞狮，扭着秧歌舞，热闹非凡。这种气氛，与古朴、沉静、典雅的建筑相比，似乎多了一些浅薄与浮躁，然而却是必不可少的。这是历史前进、社会进步的见证。

雨过天晴，古镇分外妖娆。我专程来杨美游了半天，虽说旋即离去，但我庆幸不虚此游，以至离开多日之后，还怀念着，深深地怀念着这古镇的一切。

瑶山抒怀

和煦的春风，柔情地穿过山坳，吹拂着千山万弄，大地一片葱绿，生机盎然。

在大瑶山深处，一座连着一座的山梁，一片连着一片的山林，一块连着一块的梯田，就像海浪般汹涌起伏地迎面扑来。这里没有高楼大厦，没有似水车流，但它粗犷、宽怀、坚实，气势壮观，叫人为之惊叹。

我和作家学习班的朋友们驱车沿着新修的坎坷泥泞的乡间公路往瑶山进发，来到白裤瑶山寨。村长领着我们踏山径去观赏一片郁郁苍苍的粘膏树林。

脚下的路，尽是石头和黄土，路旁的花草一株株、一丛丛、一簇簇，挺直挺直的树干，墨绿墨绿的树叶，各色各样的花朵，别有一番景色。举目环顾，那满山遍岭的粘膏树，一棵棵挺拔屹立，充满着生机勃勃的活力，飘然于天地之间！

粘膏树，是白裤瑶山寨特有的树种。要说特别的话，就是它既不是建材林，也不是用柴林。它的胶汁，是瑶族同胞用来制作瑶锦的颜料。树干长得奇特，下粗上细，活像一个立起的啤酒瓶。

我们走近树林，一位瑶胞指着一棵高大的粘膏树告诉我，这树已经有四百多年了。我问，树干上为何打了很多小洞？他说，粘膏胶汁就是从那一个个倾斜的小洞里流出来的。那胶汁纯净、晶莹，没有一点杂色。瑶家姑娘便用这胶汁熬成膏，在白布上画出各种各样的图案，染成瑶锦，然后制成衣裙。做一套衣裙往往要花一年的工夫！

我虽然没有欣赏到粘膏树流出胶汁的场面，但眼前仿佛流动着、闪烁着那纯美胶汁的光点……

我立于林中，细心地观赏起来。粘膏树木质不算很好，但挺直屹立，非常坚实；树枝不算茂盛，但生机勃勃，朴实无华；树叶不算很大，但非常青翠。是啊！在高耸入云的木棉树面前，它显得有些矮小；在绿葱葱的桂树、樟树面前，它显得有点单调。它没有松柏的苍劲挺拔，也没有柳树的临风婀娜。在这大山深处，生长得如此倔强，这般健美，这般勇于献身，难能可贵！

我想起郑板桥的诗句："咬定青山不放松，立根原在破岩中。千磨万击还坚劲，任尔东西南北风。"粘膏树，多么富有顽强进取的精神，是具有高尚情操的精神之林，是勇于献身的可敬的"绿色家庭"！想到这里，我走近它，贴近它，拥抱它，心里格外亲切，格外舒服，格外激动！

"那每一棵粘膏树上累累的伤痕，不就记载着白裤瑶艰难困苦的生活历程吗？它鼓舞着人们，也启迪着人们：在这大石山中，只有拼搏才能生存，只有奋斗才有发展……"同行的一位作家深有感触地说。接着他又不禁感叹一声，似有所思地道："可惜至今很少有人对粘膏树进行科学研究，科学栽培，科学种植，它仍处于自生自长自灭的状态！"作家此话属不了解情况，这也难怪，他们是第一次到这么边远的瑶山体验生活的。其实，有关部门已经对粘膏树进行了研究，把它作为珍稀树种加以保护，视为活化石。你看，那远处的大片树林不就是新的粘膏树吗？它在大石山中扎下根，萌生新芽，慢慢地长出了绿油油的枝叶，充满生机，展现新姿！

远处一群身着彩色春装的瑶家青年男女，从山道上过来，一张张笑脸泛着青春的光彩，似云若霞的衣裙，飘游在山间，掠过粘膏树林。鲜花簇拥着他们，绿色拥抱着他们，笑声伴随着他们。这一切织成了柔和的画面，充满柔和的空气、柔和的阳光、柔和的色彩，还有柔和的身影、柔和的微笑。

冬天关不住春色，瑶山载着春的阳光、春的信息，漫向苏醒的山野，漫向那苍茫的粘膏树林，漫向那远方，点燃了山的绿色、花的芬芳、瑶家的希望，把瑶乡的生活滋润得更美更甜！

我心上的琴弦不禁一颤：瑶山的春天，是一支美妙动听的歌，是一首生动感人的诗，我要是一名画家，一定要用自己的笔，勾画出她的英姿，她的风采，她的神韵……

竹山拾零

竹山村是北部湾边上的一个小镇，原先是一个孤岛，不知何年何月，出海的渔民从四面八方迁移到岛上居住，也不知何年何月，人们把孤岛和大陆连接起来，成了个小半岛。如今，竹山有三百多户人家。

那天是听说竹山有一块大清国的碑文，我们慕名而去的。车子一直开到村头，在一块空地上停下，前面就是一片大海，一条新修的二级公路沿海边向前延伸，这是近两年边境建设大会战，政府拨出专款修建的。现在只花三个来小时便可沿北部湾海边走一圈，边民都赞扬说，这是政府为民办的一件大好事。

石碑是光绪十六年立的，碑文是当时钦州府官员所书，笔力遒劲，字迹仍非常清楚。从立碑的年代算起，这个小山村至少有二百多年的历史了。我们走进村里，映现在眼前的是一条洁净、古朴的巷道，两边的房子错落有致，大都是用方石和砖头砌成。看房子的结构、式样和陈旧的程度，起码有上百年的历史。巷深宁静，偶尔听到犬吠鸡鸣。路上碰到一位老人，我上前和他打招呼，他听不懂普通话，满面笑容直摇头。我不得不操着半生不熟的白话，说明我们的身份和到此地的目的。老人和我们亲切握手，经询问，年轻的村民们大都到外面打工去了，只有一些老人在家。他今年七十四岁，身体还很健康，还可以做家务和农活。“竹山村老人年岁最长的有多大？”我问道。“最长的有九十六岁！”老人回答。“如今仍健在？”“身体还好着呢，就住在街的那头！”听了老人的话，顿生好奇心，便请老人带我们去看看这位老寿星。

老寿星姓骆，找到他的住处，家里人说，一大早他就出去散步去了，他孙子答应开摩托车把他找回来。不多时，老人真的回来了。中等个头，腰杆仍挺直，手里拄着根拐棍，见到我们，满脸皱纹顿开，热情地请我们坐下，便和我们聊起天来。他生有一男四女，如今四代同堂，妻子七十年代就去世了，最小的女儿也四十八岁了。我问老人，有何长寿的秘诀。他说，不抽烟，少吃肉，少喝酒，常走路。家里人说，老人很开朗乐观。现在仍自己做饭、炒菜、自膳，穿针钉扣，缝补衣服，样样都要自己做。老人听着，神情乐滋滋的。看样子，活过百岁是没问题的。来时太匆忙，没有给老人带什么礼物，我随手送他一百元钱，让他买些补品，祝他健康长寿，老人连连道谢。我们离开时，他拄着拐杖直送我们到大门口。

老寿星年轻的孙子领着我们沿小巷在村里走一遍。每条巷子都打扫得干干净净，临街的房子上还留有过去商店门面和招牌，依稀看出昔日的繁华景象。年轻人说，听爷爷讲，过去竹山很热闹，各地的渔商都到这里做生意，这些年就冷落了，人家都到东兴发财去了，我们这里地方小，难和大地方竞争。我笑着说：“风水轮流转嘛！”“也许是这样吧！”年轻人也笑了。

在一座新建不久的小洋楼前，有位中年妇女坐在竹椅上晒太阳，一眼看去就知道是一个生活得很舒适的人，身体富态十足，金耳环、金手表、金戒指闪闪发光。我们走上前和她打招呼，她落落大方地笑着答腔。她说，孩子们都到外面做生意去了，她一人在屋里守家，新房是前年修的。我说，这是全村最好的楼房！她说，也许是吧！

但往后会有更漂亮的，一定超过她家的。她说，今年六十八岁了，在家享享清福。我说，真看不出，看上去像五十岁左右，她笑得合不拢嘴，露出满口的金牙！

走出村子，见村头的一片空地上有座小庙，走近一看，庙门用木栏挡住，不让人进去。经询问，才知道叫“三婆庙”，长年香火很旺，大门两旁悬挂着一副木刻的对联：“竹荫英灵渡海绅商沾圣泽，山湖显赫临江仕庶仰慈云。”过去渔民们出海前，都要祀拜三婆庙以保平安。庙大门两侧的墙上还贴着不少通知告示，有通知村民开会的，有地方业余采茶队到村里演出的，有公布乡亲们春节捐款搞活动的，都写得很文绉，文白相间，古风犹存。如今，这里成了群众集会、开展文艺活动和日常娱乐的场所。

我环顾四周，看见村头一农家贴着副春联，字迹还很鲜艳：“竹叶三枝，一贯联成千载绿；山花五瓣，全民欣赏万家春。”这联是竹山村现实的真实写照。

夜宿专家园

常去北海，都为住宿的地方苦恼，因为晚上要爬点“格子”，环境太喧闹、嘈杂，心很难静得下来。

那天，从乡下调研驱车赶到北海，天色渐晚。路上电话与市里同志联系，希望能找个僻静的地方住。市里的同志热情地说，这次的住地保准你满意。

车子沿着海滨大道行驶，穿过闹市区，七弯八拐之后，在一片新建的楼宇间停下。市接待办的同志上前热情招呼我们说：“这是中华专家园，一切都安排好了。”说着把我们领到住房。房间装修得典雅别致，洁白的墙壁，木制的地板，家具新式而古朴，整个房间色彩协调，布局合理，宽敞明亮，身临此境，备感舒适安逸！

在前往餐厅的路上，我环顾四周，所有建筑和园林布局巧妙地把现代别墅和古代庄园融为一体，使人顿生一种新鲜感、现代感、亲切感！

吃过晚饭，我踏着融融月色，信步走在园中的小石板路上，悠悠曲径，引领我走进一片疏疏朗朗的小树林，林子里隐隐浮动着淡雅的幽香。树荫月影里摆放着不少藤桌、藤椅和南方特有的吊床，供游人休息、娱乐和宵夜。林子边上有一个小湖，湖水格外清洁，格外透彻明亮。举目仰望夜空，明月清澹，庞然一轮，高高悬浮在青碧湛蓝的天幕上，隐隐约约听到远处大海的涛声。啊，多美的环境，多好的夜晚！

年轻的经理如数家珍地告诉我们，园中还将建有健身房、娱乐厅、游泳池、网球场、电脑中心……当所有工程完成之后，中华专家园将是融休闲、健身、娱乐和工作为一体，设备一流、功能齐全的活动场所。市里建专家园的目的，在于引进技术和人才，今后每年要邀请各方面的专家、学者到北海访问、考察和讲学，都安排住在这里。建园以来，已经有好多批专家光顾这里了。他们的到来，将为北海带来先进的思想、科学的理论和各种信息管理技术，这无疑对北海发展是巨大的推动力……

真是个绝妙的想法和做法。诸葛亮的“借东风”堪称旷世之作。此举与“借东风”实属异曲同工！

一阵春风迎面拂来，好清爽，好惬意，叫人心旷神怡。有古诗云：“只恐夜深花睡去，故烧高烛照红妆。”这表达诗人对良辰美景的留恋，情与景，人和花之间融合一体，几乎达到天衣无缝的境界。此时此景，我的心境和诗人产生共鸣，美丽的夜色啊！你慢些走，让我看个够……

我行走的清影渐渐融于夜色的深处，四周灯火辉煌，火树银花，平静洁白的水面闪着微光。无边的月夜使我如同不能停止呼吸一样不能停止思索，思想的翅翼在空阔的月夜里翔舞。我想起白天参观“东坡亭”时，随手从碑刻上抄下的苏东坡的诗句：“芒鞋不踏名利场，一叶轻舟寄渺茫。林下对床听夜雨，静无灯火照凄凉。”苏东坡做过高官，但仕途坎坷，生活潦倒。据史书记载，元符三年，他渡琼州海峡到雷州半岛，中途为风雨所阻，在合浦借宿净行院，长达两个月，其间触景生情写下这首诗。字里行间看出诗人当时凄凉的心境和绝望的情绪。这也是当时社会的真实写照！

夜静谧极了，深邃的夜空，群星闪烁，像撒在一只海蓝色表盘上发亮的沙粒。近处晶莹夺目的灯光，如同夜明珠镶嵌在高高的楼宇上，照亮着大地，照亮着大海，仿佛一切都在跳跃，都在闪光，都在涌动……我随即吟出一首小诗：“银滩边上专家园，亦工亦娱宜休闲。今朝风光更好看，恰似仙境落人间！”诗虽直白，但我的情是真的，心是晶莹剔透的。

深山古庄园

素习干戈未习诗，
诸君席上命留题。
琼林宴会君先到，
塞外烽烟我独知。
剪发接缰牵战马，
割袍抽线补征旗。
貔貅百万临城下，
谁问先生一首诗？

此诗是清代云贵总督岑毓英所作。据传，有一次地方豪绅达贵宴请岑毓英，他因事迟到了。当时世人都以为岑毓英一介武夫，不识诗文。席间罚他赋诗一首，想以此刁难和奚落总督。岑毓英稍加思考，即时吟出这绝妙的诗句，语惊四座。此后，四乡流传，人们再也不敢小看这位壮族总督了。

很小的时候，我就听说过许多关于岑毓英的传奇故事，幼小的心灵里萌生一种民族自豪感，对他一直怀着一种神秘的敬仰之情。总想找机会到岑毓英的家乡看看那里的风水宝地，可是参加工作几十年，广西全境八十多个县，我想都走遍了，唯独没有去过西林，深感无缘。真没想到，今夏，我同一批词曲作家下去体验生活，终于到了素称“省尾”的西林，目睹了坐落在崇山峻岭中宏大而精细的古庄园——岑毓英故居，了却夙愿。

岑氏家族世居西林县东的那劳村，驮娘江从村边缓缓流淌，村前有一片开阔的河谷平坝，村后的树林郁郁葱葱。岑氏庄园建筑群依山而建，占据了很大一片山林，建筑典雅、粉墙青瓦，错落有致，灵活多变，这是桂西地区别具风格的壮族传统民居的布局。

我们由西向东，沿着岑府的走向漫步，环顾四周，依山傍水，山野空阔，一座青砖绿瓦的古代建筑立在半山间。因年久失修，虽有些破败，但堂皇犹存。该建筑为四合院式，主轴线上有门楼、中堂、后堂三座主建筑，两侧为厢房和廊房，中间为天井。主体建筑为面阔三开间小青瓦屋面硬山顶的砖木结构。墙上檐下，还存留着精美的壁画、诗联。我细致辨认墙上的绘画和字迹，企望探得一些奥秘……

岑氏祠堂是供奉、祭祀祖宗，族人聚会的地方，在正厅的门栏上用方木条塑有福、禄、寿三个隐形字，表示岑氏家族希望子孙后代能够出类拔萃，光宗耀祖。该建筑原为四合院建筑群，前面为厅，后面为堂，前厅接待贵宾。整个设计有虚静清逸的韵味。可惜它历经风雨和人为毁坏，现在只残留三间穿斗式梁架的小青瓦屋，破败不堪。

一路上，县里的同志给我们讲述思子楼的故事，引发大家的好奇心，非要去看看这传奇般的小楼。传说，岑毓英有个三岁儿子，一日老爷子午睡，不巧有几位地方文豪名流来访，老爷子仍卧床不起，文人们等得不耐烦了，便扬笔写上“慎提仙件”四个大字送给岑毓英。他醒来见字后十分高兴，拍手叫好，命家人将四字置于中堂。此时，三岁小儿细观四字，惊叫此幅字挂不得，挂不得！岑老爷子问何故，小儿解释道：把四字的偏旁全去掉，余下的便是“真是山牛”，这是讽刺挖苦老爷的！岑毓英恍然大悟之余，倍赞小儿聪明过人。可惜小儿短命，十来岁便夭折了。光绪三十四年建“思子楼”以表岑毓英怀念儿子之情。传说“思子楼”三个字为岑毓英亲笔所书，遒劲端庄，雄健有力。

据县里的同志介绍和史书记载，岑氏庄园始建于明代土司岑密。清康熙五年（1666年）改土归流后，岑氏庄园逐渐没落破坏，直至清末，岑氏家族重兴。咸丰六年岑毓英率团使入滇，任宜良县知县，路南知州，此后由于治理少数民族地区和戍边有功，先后任贵州巡抚、福建巡抚、云贵总督等要职。1884年中法战争中岑毓英率滇军出关，支援刘永福黑旗军抗法，与法军大战于宣光、临洮等地，战后主持中越边境划界，是慈禧太后的宠臣，被封为“太子太保”，并下旨赐银建府，以后逐年扩建。至1885年其子岑春煊中举，历官光禄寺、太仆寺少卿，广东、甘肃布政史。八国联军进犯北京时率部勤王，护卫慈禧太后和光绪帝至西安有功，得升陕西巡抚，后历任山西和广东巡抚、四川总督、两广总督、云贵总督等官，亦是慈禧宠臣。民国时期二次革命参加反对袁世凯，曾任护法军政府主席总裁，成为西南、中南政治中心人物。此时乃岑氏家族鼎盛时期，岑氏庄园相继扩建了南阳书院、增寿亭、荣禄第、孝子孝女坊等建筑。在这穷乡僻壤，崇山峻岭之中，有如此规模宏大，布局考究，建筑精美的建筑群，令后人惊叹不已。

我站在古庄园之中，极目远望，群山仿佛腾起绿色的波浪，驮娘江仿佛在天上流淌，不禁幽思绵绵，浮想翩翩……

我明白了，面前这座宏伟、古老的庄园，正是与中国无数巧夺天工的古代建筑一样，作为古代劳动人民智慧的结晶而传扬千古！建筑的风格、形式、布局既有壮民族的特色，又吸纳了先进的汉族建筑文化，这不是壮汉文化交流融合的结晶么？漫漫历史长河滚滚向前，岑氏家族的名字可为人们所遗忘，但是中华民族的悠久文化，人类伟大的艺术，丰富的智慧却与世永存！

古灵渠寻迹

久慕古灵渠的盛名，但总无缘相识，恰逢一个会议在兴安县召开，我终于得以一偿夙愿。

灵渠是秦始皇为统一岭南，解决运输问题，动用十万之众，花了四年时间修建的。它连接湘江和漓江，沟通了长江和珠江两大水系。两千余年来，曾为中原地区和岭南的交通要道。不知经历过多少风风雨雨，经受了多少洪流的冲击，如今还能基本保存完好，确是世界奇迹啊！

我们被心中蓄积已久的对灵渠的向往和寻幽探胜的情趣驱使，沿着南渠边的林荫道逆着水流的方向，迈开了双脚。渠水是那么洁净，空气是那么清新，几只小游艇在水中穿梭，人们在水中拉网，在岸上拾鱼……讲解员姑娘告诉我们，灵渠解放后虽经多次修缮，但南北两渠上原有的三十六处陡门现只有十四处，淤泥堆积，渠上的古建筑观音阁、南陡阁均已毁坏。她领着我们，看了“飞来石”“状元桥”，观赏了当代文豪郭沫若题写的碑刻。遗憾的是字迹经过风吹雨打，已经看不大清楚了。过四贤祠，再朝前走不多远，渠边出现一片水域，被一条用巨石砌成的人字形的滚水大坝拦腰斩断。姑娘说：“这便是灵渠的主体工程了。人字大坝就是大、小天平。”接着指向人字大坝顶上的小土坡：“那是过去分水的铧嘴，三分流漓江，七分流湘江……”

我们租了一只小船，向铧嘴划去。这时再看灵渠两岸、拦河大坝和铧嘴，别具一番风采：绿堤如带，满目青翠，奇花异卉，香气袭人，渠水波光粼粼，游艇扁舟，列队鼓桨，饶有情趣。据了解，1885 年铧嘴被冲毁了一百多米，并淤成沙洲，如今已不起分流的作用了。对面的龙王山上的分水亭、龙王庙等古建筑已荡然无存。

我久久伫立在铧嘴前，凝视着，思索着。被郭老赞为“诚足与长城南北相呼应，同为世界之奇观”、被今人誉为第二个都江堰的古渠，如今这般景象，何能相称？

告别古灵渠，我并没有失望之情，却感到一种悠然的满足。因为我从有关部门知道，修复和开发灵渠的规划即将实施。我相信，古灵渠在能工巧匠的手中会变得绚丽多姿！

寻访珍珠城

朋友，你知道明代著名的珍珠城吗？打开历史的画卷，你就会发现，那珍珠城就在广西合浦县境内的白龙湾畔。

那天，我们驱车专程去参观古老的珍珠城遗址。沿着曲折的乡间公路，穿林过溪，车子绕了大半天，终于在一个渔村旁看到了一块刻着“珍珠城遗址”字样的大石碑。县委老陈告诉我们，这便是明代珍珠城了。站在附近的丘岗上可以隐隐约约地看到残存的城墙遗迹。我逗留在瓦砾乱石中，寻觅着古时的珍珠贝壳碎片。一个农民走过来，持锹挖了几下，竟然挖出了大把大把的贝壳来。那农民操着浓重的乡音，用很不熟练的普通话告诉我们，他小时候还见到用无数贝壳砌成的城墙，可是后来被毁掉了，天长日久变成了土丘。

“啊！用贝壳砌城墙，可见当年采珠的盛况！”我赞叹着。放眼远眺，前面不远便是茫茫大海，白色的帆樯像珍珠穿在一起，向远处漂去。回眸见这古城池只不过是方圆不到一里的弹丸小邑，依偎在一片山丘土岭之中。这里，依山傍水筑城藏珠，确是块宝地。

从地方志上得悉，合浦珍珠主要产地在廉州（今合浦县）东南四十公里海域，过去有白龙等七个著名天然珠池。明弘治十二年，这里产天然珍珠二点八万两。那时这里土地贫瘠，不能耕种，农夫多以采珠为业，以珠换米。明朝皇帝便在白龙筑城，搜刮民间珍珠，采珠盛况一直维持到明末。其事迹当时都刻文于石，可惜碑刻有的被毁掉了，幸存下来的也因风雨侵蚀已不可辨识了。

我们驻足海边。纵目而眺，见缥缥缈缈的水平线上漂浮着几间木屋，难道这是幻境？老陈看出我的疑惑，忙指着木屋说：“那是人工育珠的看护工棚哩！”接着他告诉我们，合浦地处亚热带，有漫长的海岸线、广阔的天然浅海滩，水质肥沃，是珠贝滋生繁衍的好场所，人工养育珍珠的潜力很大。从1958年起，这里就开始人工养殖珍珠，至今已有二十八年了。他们积累了从育苗、管养、防灾到收获珍珠一整套生产经验，珍珠产量和质量都大有提高。听了老陈的介绍，我想起胡耀邦同志视察钦州时，曾指示沿海要发挥养殖珍珠的优势。大家对珍珠养殖已产生极大兴趣，都想到珍珠场见识见识。

汽车载着我们沿一条僻静的小道往东走，不久，在一个临海的小院落停下——这里便是珍珠场了。

场长领着我们去参观珠贝插核。在一幢小楼房里，十几位姑娘正在工作台前精心地把粒粒珠核置人珠蚌里。场长对我们说，这些姑娘都是近年来培养的插核技术能手，现在正为养珠专业户插核。我走近一位姑娘的工作台，姑娘抬头腼腆地笑了笑，又埋头工作。她的手是那么灵巧，眼睛是那么明亮，小小的珠核，在一瞬间就轻轻地放入珠蚌里。经场长介绍，才知道她是前年进场的高中毕业生，进场后她承包放养了九千张珠贝，经她精心护养，今年收获珍珠一斤多。现在她已熟练地掌握了先进的管养技术，从人工育苗到收获珍珠，仅需两年半的时间，生产周期大大缩短了。热情的场长随即端出一个带绒垫的盘子说：“这就是她培育出的珍珠！”那一颗颗圆润光洁、晶莹剔透、绚丽多彩的珍珠使我眼花缭乱。真想不到，这珍宝竟是出自这位外表平凡而朴实的姑娘之手啊……

当我们离开珍珠场时，我的心情久久不能平静。啊！从明代的珍珠城到今天的养珠场，历史过了几百年，人们生活已发生了巨大变化。合浦珍珠曾有一个悠久灿烂的过去，在神州大地实行改革、开放、搞活经济的今天，合浦人民一定会充分发挥采珠这个优势，用自己的智慧和力量，开创一个超过任何历史时代的产珠鼎盛时期！

龙田行

但凡上了我这把年纪的人都知道，上世纪七十年代初在广西巴马穷乡僻壤里有个龙田村。当时和锦绣江南的江苏华西村一起被树为全国新农村的先进典型。龙田人有两句口号：“人敢拼命，山河听令。”“推倒房屋造田地，炸平石山建新村。”很能体现龙田精神及其先进事迹。我第一次去龙田是1976年初，当时我在河池地委办公室工作，那次是陪同地委领导去龙田参加劳动的。

我还清楚地记得，那天，我们的车队缓慢地爬行在弯曲崎岖的山道上，凭车窗望去，满目都是一个个黑黝黝的巨石，那起伏的山峦，全都被黄褐色控制着，偶尔透出微微的绿意，石头缝里绽放着一朵朵细小的格鲁花。石缝里的黄土呈珍珠一般的颗粒状，这便是种庄稼的宝啊！顿生一种难以言状的沧桑感和求生的悲壮感。当年在大石山地区流传着这样的故事：两夫妻上山种玉米，丈夫把草帽放在地上，妻子竟找不到一块玉米地。拿开草帽，才发现这块地被草帽盖住了。这个故事真实地反映了石山地区“九分石头一分土”的自然环境。龙田便是在这种恶劣的自然条件下开始创业。我心底陡生震惊，更有一种崇敬、佩服的感情。

这是一个全是用石块砌成一排排新建的黑瓦楼房的村庄，房子的结构、布局、层数都一模一样，整整齐齐，干干净净，明明亮亮，村里的道路笔直，都铺上了“三合土”，很结实。家家门口贴着鲜红的对联，显出一种热闹喜庆的氛围。村头的平地上摆放着两台小型犁地机，一台手扶拖拉机，透出一丝现代色彩。我们进村时，村民们已经下地去了，大家便一起涌到地里和村民们一起种玉米。这是一片大约有一百多亩的平坝地。在巨石林立的山里，有如此大面积的地，简直不可思议。我惊讶地询问党支部书记老向，他笑着告诉我们：这是搬掉旧村，填深沟，炸石头造出来的一块“平原”。为了实施人造平原，他们共同削平了八座小山，填平了十五条深沟，挖填土石十五万方，并在石林里建起新的龙田村。这些可歌可泣的事迹，引起党中央、自治区党委领导的高度关注，并给予充分肯定，龙田从此名声大振。《人民日报》以《壮哉，龙田》为题报道了这惊人的事迹。

那天，我们实实在在在地干了一上午的活。收工时，听到村民们用沉重苍老的嗓子唱着瑶家的山歌：“炸平乱石造良田，座座楼房山中建，要问哪来千钧力？毛主席思想力无边……”歌声在山间回荡，也可以听到一声声“怄气”的吆牛声。山间的雾气也散了，新屋里冒出一缕缕、一团团炊烟。我们在支书老向家吃了午饭，那鲜黄透明的烟熏腊肉，仍记忆犹新。从那以后，地委领导每年都要去龙田一趟，我作为工作人员，时有陪同。后来我调到自治区工作，便一直没有到过龙田了。

我走过很多地方，常常是为她美妙的景致所感动。龙田却因为她的奇迹，她的豪迈，她的庄严，她的精神，叫我永远不能忘怀，常常在酣睡中被她那古朴而生动的村民，艰苦而执着的精神，美妙而奇特的村景所唤醒，总希望有一天能再去看看这久别的山村，常常思念这里的村民。

在巴马瑶族自治县成立五十周年前夕，应县委的邀请，我和一些作家、艺术家去巴马策划一台县庆晚会。到达巴马的第二天，县里便安排我们去龙田参观、采风，终于了却了多年的心愿。

通往龙田的道路经过改造，路面拓宽了，路线也改直了，只是没有铺上柏油，一路尘土飞扬。我们一行到达龙田，映入眼帘的是一座新型的农村。整整三十年后，再次走进这个山村，既是那么熟悉，又那么陌生。村周围的树木郁郁葱葱，鲜花盛开，绿草如茵。一幢幢新楼鳞次栉比，道路宽阔平坦，商店里货物琳琅满目，高音喇叭播放着时尚的歌曲。当我在村委会办公室前，见到阔别三十年的老支书老向时，他一眼就认出我来，走上前，我们紧紧地握着手。他说："你一点没变啊！"我仔细打量他，满脸皱纹，头上已出现了一簇簇银丝。其实，比起我们在三十年前初次见面时，大家都已经苍老了。老向是个开朗乐观的人。他告诉我，八十年代他转干调到县里工作，前些年退休了，便回来为村民们做点事。我请老向为大家介绍情况，他很健谈，滔滔不绝地打开话闸——

龙田村当年和华西村同时出名，同在一个时代辉煌。可是后来我们走了弯路，没有认真抓发展，经济没有搞上去，群众富不起来，最后落伍了。改革开放以后，我们继续发扬龙田人自力更生、艰苦奋斗的精神，带领群众走"山弄经济"和""山外经济"相结合的路子，不断壮大集体经济，积极发展私营企业，同时大搞劳务输出；修水柜、用沼气、退耕还林、栽竹种草、保护生态环境；搞好规划，对原来的石头楼房进行全新的改造，新建了中小学校、图书阅览室、文化科技学校、电教室、文化站、文艺队、篮球场、传统教育基地、养老院和保育院……老支书如数家珍，给大家详细介绍。末了，他激动地说："如今龙田，社会和谐，人与自然友好相处，文明安康，村级经济社会发展功能较为完善，初步实现了村镇化。眼下我们正按照党和政府建设社会主义新农村的要求，建设一个生产发展、生活宽裕、乡风文明、村容整洁、管理民主的新龙田，再当新农村的先进典型。

老向的一席话，深深地打动了我们每个人的心。这是千万农村变化的缩影，这是亿万农民求变思变的心声，是亿万农民对建设小康社会的美好追求、美好的梦想。梦想总是美好的，未来总是有希望的，龙田人要实现这个美好梦想的日子不会很远、很久！

我立在龙田村头，久久瞩望，火红的太阳正挂在大石山顶上，把整个山村照得通彻透亮。啊！龙田，你屹立在大石山之巅，你立于历史的肩头，站在时代的前列，成为贫困大石山区之徽，大山之魂，腾飞的象征，怎能不感激那使大地生辉、草木峥嵘的阳光！千千万万个龙田，装点、美化着祖国的锦绣河山，让神州大地气象万千、永驻辉煌。龙田人，将满怀豪情、信心百倍、朝气蓬勃，踏着伟大时代的步伐，走向更加绚丽、灿烂的明天……

访火卖村记

跑了许多山路，访问过不少村寨，我才知道地处桂西群山环抱中的火卖村是个留人的好去处。这里山峦叠嶂，竹木成林，百花竞开，是个锦绣世界，蕴含着生机，呈现出秀丽。

那天早上，我们的车队从乐业县城出发，沿着一条柏油路在崎岖的山地公路上爬行。时值初春，阳光明媚。十时许，到达火卖村。这是一个在山腰上建起的村落，三面环山，一面豁敞，背面是一座高大的石山，我们步行进村，石阶成梯，云也成梯，拾级而上，山朦胧，树朦胧，人也朦胧。在山涧乱石中，流泉淙淙不绝于耳，山道溯流入云，云雾沿梯弥漫。

村子里的木楼因山势而筑，近年发展农家旅游，修建了不少酒家、客栈，各种杂货铺子，由于地形限制，很多楼都筑在陡坡和悬崖上，房子一半依山，一半悬空，长长的柱子插在石臼里，做成翘首凌空的吊脚楼。那木楼的栏杆、屋檐、屋脊都精心雕刻，有的是古朴的色调，有的是鲜明的彩色，有的用竹子制成……巧妙地织成一幅画，一首诗，一帘帘壮锦，把原始的美与现代的美表现得淋漓尽致。

在村里仅有的一块平地上建起一幢两层的木楼，这是村委会的办公室，亦是广西作家创作基地。村委会的同志知道我们一行都是作家，便热情地邀我们去参观。在一楼几间宽敞明亮的办公室里摆放着一排崭新的办公桌椅和书架，我随意打量书架，上面摆满了各种各样的书籍，还有广西作家专柜，琳琅满目。村委会主任说，前不久，区内外一批作家在这里住了几个月，回去后，写了不少好的作品，村民们能为作家服务，感到十分荣幸，希望你们也能在这里住上几天，体验一下山民生活，一定会对创作有好处。我说："因原先没有这项安排，况且明天要赶回南宁开会，改日再来！"进到党支部办公室，墙上贴满了党员开展各种活动的照片，以及参加先进性教育活动的心得体会，黑板上还有一行清晰的粉笔字"共产党员的党性原则……"村支书告诉我，昨天刚上完党课，他们的组织生活十分正常。

中午，我们在一家农舍前的空地上摆了两排长席和村委会的领导们一起用餐，桌上所有的菜都是当地产的原汁原味的绿色食品，无不可口香甜，悦目爽神。这在城里的大饭店是吃不到的。大家食欲猛增，竟把满满的一桌菜肴吃得精光，山民们走过一边，一串"哧哧"的笑声从烟雾里涌出，不知是笑我们吃饭的狼狈样，还是笑城里人对农家菜的痴情……

酒足饭饱之后，村里请来几位民间歌手，为我们演唱当地山歌，热烈的掌声，欢乐的歌声，在山间飘荡："山上布谷声声叫，欢迎城里阿哥到，唱支山歌表心怀，请到火卖瞧一瞧。"男歌手接着唱："木瓜结果共条杆，葡萄结果一串串，各族同胞心连心，河里行船不怕难。"……一首接着一首，胜似流水，甜如清泉。此情此景，我想起"三月三"人们赶歌圩的情景。人们身着盛装，带上彩蛋和五色糯饭，男女青年三三两两，从四面八方汇集在歌圩，你唱我合，此起彼伏，真是"人群如山歌如潮"。人们像是生活在一片歌海里。

"他（她）一定是村里的文艺队员吧？"我转身问坐在后排的村

委主任。“是村里人自发组织起来的山歌队，能唱十几种歌谣，还能即编即唱，对山歌。”村委会主任对我说。有人还悄悄告诉歌手，我们一行中有作词曲作家，姑娘们马上谨防，亮起嗓子要和我们对歌：“城里阿哥你莫走，我想听你亮歌喉，你唱山歌我来合，对罢山歌再分手。”歌声未尽，传来一片银铃般的欢笑声。

几位词曲作家交头接耳商量了一会儿，很快回了一首：“山里阿妹你莫恶，我是歌王来对歌，开口一唱流成水，好比乐业布柳河！”掀起一阵喝彩。作家们自以为得意。

很快，姑娘们“温柔”地回敬了一首：“城里阿哥你莫恶，你是歌王算什么，你是野猪硬骨头，我家还有高压锅！”姑娘们美眉善眼，柔声细语，想不到会唱出如此火辣辣的歌来，作家们自愧不是她们的对手，没对上几首便言穷词尽，甘拜下风。我早已料到这个结果，为他们编上一首：“山中画眉叫叽叽，山里阿妹好名气，千里赶来对山歌，虚心向妹来学习。”我们唱的是外地的山歌调，声音大，但调不甜，她们听了放声笑起来：“城里阿哥真识理，句句讲得甜蜜蜜，一回生来二回熟，三回四回成亲戚。”咯咯咯咯……姑娘们又是一阵好笑。这笑声，让我感受到山里人已经摆脱闭塞和愚昧，走向了现代文明所产生的由衷喜悦。

我的心在这里是真正地被打动了。我觉得这边远的山村，有那么一股浩然之气冲出山外！我们迈着快步，要利用离开这里前的空隙，走访几户农家。所访农户的木楼就是近年从老村搬出山外新建的。他们告诉我，自从火卖建了新村，开发成“农家乐”旅游景点，每年的收入逐年增加。感谢党和政府为我们开辟了一条致富的路！一个普通的村庄瞬间发生如此大的变化，作家们的心弦被重重地拨动了。他们亲切地和山民们交谈着，赞美的语言，依恋的目光，欢快的笑声，在每栋木楼前流淌着……

世上有许多美丽的地方，叫人永远不能忘记。酣梦中常为一处美妙的景致所唤起。我带着几分满足，几分诗意站在火卖村头的巨石上，遥望前方，云海苍茫之中，秀峰耸立，削壁千仞，上边还亭亭玉立着一棵棵古树、青松，回望布满山坳的山村木楼和升腾的炊烟，我默默地吟诵着：“啊！火卖，你和谐恬静，你美丽动人，云海中有你的身影，高山的青松是你的象征。啊！火卖，你会时时留在我的梦境……”

金城江旧事

前不久，我回金城江一趟。这里已面目全非，我倘佯在高楼林立的街道上，顿生一种异常亲切的感觉，特别是走进地委大院，虽然那栋我很熟悉的楼房已荡然无存，取而代之的是一座现代楼宇，但我依然能准确地回忆出过去它的位置和模样。

上世纪七十年代中期，我从偏僻的仫佬山乡调到地委办公室工作，全家人都格外高兴。搬家时，所有的家当用一部东风牌货车装运，其中一半是木炭和木柴。到了地委，办公室的同志帮忙卸车，见到一车的木柴，便风趣地说："这可是实实在在的'柴产'！"我一笑了之。那时，没有煤气，没有沼气，炒菜、做饭都用木柴。乡亲们怕我到地区没有柴烧，送了不少木柴作为礼物。我都一一笑纳了。其实，后来地委机关每个月都到乡下买木柴回来分给干部职工作为燃料。每月底地委大院真是"分柴、劈柴正忙"！现在想来，当时我们充当了毁林的支持者。悔之晚矣！

我住的是一栋三层楼单面红砖瓦房，所有的住户一字排开，各住户进出都经过同楼层各家门前，邻居谁家发生什么事、有什么客人来、煮什么饭菜都清清楚楚。平时谁家做什么好饭好菜，都会送给邻居品尝，过年过节还互相请吃饭。冬天太阳出来，中午各家各户便坐在当阳的楼道里，一边做些针线活，一边聊天，和村民们冬天晒太阳没有两样。大家相处得十分融洽。记得我们隔壁家老陈有一个用来洗衣服的大铁盆，我常借来给几个小孩洗澡，仿佛成为我家专用，老陈一家毫无怨言。

住房的楼前有一排老树，绿荫如盖。我们同楼的住户平时常聚在树荫下乘凉、聊天、打扑克，下象棋。后来有位同事买了一台十二寸的黑白电视机，他很慷慨，每天晚上把电视机搬到树荫下，让大家一起看。各家大人、小孩晚上早早便搬着小凳子等着看电视。一台小小的电视机，为整栋楼的文化生活增添了丰富的内容，也使邻里之间更加和睦相处，极少发生纠纷与口角。

地委大院没有高楼大厦，都是些平房。院里都是纵横交错的小道，只有一条较宽的路通往办公楼，我们上下班都走这条路，十分方便。路的两旁有医务室、小卖部，还有娱乐室，平时，这些地方也是干部职工聚会的地方。整个院子有几百户人家，彼此之间都很熟悉，多数可以叫出姓名，大家相处得很好。大院临龙江河，夏天，很多人都到河里游泳。我的水性不好，很少去。有一次，办公室的同事再三动员，我去了。当时就发生了一对双胞胎兄弟在河中戏水被溺死的事故，第二天，才在下游的坝边发现他们的尸体，很惨。当时河堤两岸没有防护栏，没有道路，人们都是自由地下河游泳的，每年都有因游泳被淹死的人。但谁也不会因此不去游泳，即使是昨天死了人，今天照样有人若无其事地跳下河去戏水。嗨，当年人们对自己的生命真不够珍惜！

地委大院门前有一条街道，算是金城江最长、最宽阔的街道。沿街有商店、饭店、银行、粮店、理发店、食品店……是这一带的中心区。街上有家食品店，专卖肉品，因为当时买肉要肉票，干部职工几乎每天都要光顾这里。为了买到较好的猪肉或猪骨头，有的同事早早起来，先拿个砖头到食品店前号位排队，然后去跑步，等食品店上班开门，再去排队购买。当年，我的三个小孩还很小，为了买些猪骨头，熬些汤给他们喝，我五点钟就爬起来，赶到食品店去排队，有时运气好，可以买到些猪骨头，如果去晚了，排到自己，肉台上空荡荡的，心里非常难受。买到猪骨头那天，孩子们非常高兴，全家生活便是大改善了！

理发店就在地委大院对面的街道上，我们都去那里理发，那里的长凳上经常坐着一排人等着理发。服务员一边理发，一边和顾客聊天，谈论金城江发生的一些事情和路边的消息。有一次，我听他们讲了一个就发生在对面街的故事：有个寡妇平时省吃俭用，积下了一笔钱，但她不给女儿，也不告诉女儿，偷偷地把钱收藏起来，打算到一定时候交给女儿。可后来，寡妇还没有来得及交给女儿，就因心脏病突然去世了。她女儿翻箱倒柜找不到母亲遗留下的钱。几年以后，她家炉灶坏了，请人来修理，结果在灶边挖出了一包东西，打开一看，原来是一沓人民币，估计有上万元。但因地下潮湿，纸币全霉坏了。她女儿拿到银行，已无法兑换，当场痛心地哭了起来。当时我听了，很同情她的不幸。那年头有上万块钱，可是一笔不小的财产啊！对一个平民百姓，是重大损失！现在想来，那年头，人多么愚昧无知，干吗把钱埋在地下，干吗不存进银行，或早点交给女儿？这是愚蠢无知带来的悲哀。

往事并不如烟。这些旧事虽然都是鸡毛蒜皮的小事，但在竞争激烈、唯利是图的市场经济时代，保持和弘扬人与人之间的和睦、友善、宽容、理解，营造一个和谐宽松的生活和工作环境，是十分可贵的。如今，金城江街上新楼鳞次栉比，旧日院落早已所剩无几，行将消失。但是，每当我走进地委大院，走过那条宽长的街道，就像回眸自己走过的人生路。回想起在这里发生过的旧事，那些陈年旧事一直都活在心底，并不寻常地温暖着自己，永远逝不去、抹不掉，忘不了！

漫步骑楼城

每个城市都有其独特的身姿，独特的风格，独特的魅力。而城市的建筑则像人的眼睛一样，是心灵的窗口，城市的形象。

仲秋，我又一次来到梧州，市委的同志要引领我去参观刚修复落成的骑楼城，说是百年商埠旧貌换新颜，成为水城一道亮丽的风景线。一席话感动了我，如此新鲜美景，先睹为快。

当我们信步骑楼城，映入眼帘的是一派岭南街景的风光，充满生机活力。错落有致，风格迥异，色彩斑斓的楼宇，一座连着一座，与街道一同延伸，一线铺开，形成了一条条整洁美观的街道。街道楼房，都是古典的，巴洛克式的骑楼，各街道的骑楼建筑装饰，都十分讲究，门栏窗棂，房柱墙壁刻龙雕凤，绘画花纹，美不胜收。

街道两旁，长着旺盛的花卉、树木，浓密的枝叶遮着用石板铺成的街面，充满深情地过滤出清新的空气，净化四周、散发芳香，令人陶醉。骑楼的走廊连成一条条遮荫避雨的通道，即使炎夏时在楼廊里走动，也不会感到阳光燥热，不受风吹雨打。在这样的环境里，人们总是愿意驻足，所以骑楼城春夏秋冬都人声鼎沸十分繁华。如今，骑楼城已成为岭南一个颇有名气的旅游景区和商业城。中外游客和商家都纷纷到这里观光和做生意。这里的商场店铺，有国营的，也有集体的，更多的是私营业主，门面都装饰得金碧辉煌，不时从里边传出招揽顾客的悦耳的流行曲，和这古城形成鲜明的对比。

我们漫步至河东区大中路，这里街道平坦舒适，别具风格的骑楼群更显原汁原味的商埠历史文化，女儿墙、水门、铁环、柱头、大门、窗棂这些水城传统特征，都保留完好，特别是骑楼上的浮雕展现出一幅幅现代的“清明上河图”景观，栩栩如生，格外醒目动人，从中我领略了百年商埠的古今风采。

市里的同志告诉我，梧州市是岭南地区内河水运出境的咽喉，被称为“水上门户”。古时西江水运发达，每年在梧州停泊和穿梭往来的船只很多，天长日久梧州便繁荣起来，成为西江流域经济文化的中心。商业的发达，促进了城市的建设，由于受外域文化的影响，和岭南地区湿润多雨，日晒炎热的气候特点，二十世纪初叶骑楼如雨后春笋般在鸳鸯河畔崛起，形成了既有岭南特色，又有异国情调的水城骑楼街景。古城建筑文化的积淀呈现出一种特色鲜明的骑楼文化。

傍晚，华灯初上，星海一般迷离闪亮的霓虹灯光把天与地，人流与车流，楼影与树影，全都染成一片朦朦胧胧的绛紫色。骑楼上的白炽探照灯光使月亮显得苍白。商场、店铺玻璃门上流泄出来的灯光雍容华贵，新鲜而陌生，有的骑楼的五彩灯链，忽明忽暗，伴随着有节奏的音乐跳动，衣着华丽多彩的人流络绎不绝、熙熙攘攘构成一幅绝妙的骑楼城夜景。我们的情绪为之浮动起来，潜心汇入这五彩缤纷的夜色之中，流连忘返。

陪我们的市委领导，对这里的一切都非常熟悉，为我介绍得如数家珍。他说，多年风雨冲刷和岁月沧桑荡涤，很多骑楼已经斑驳陈旧，建筑破烂不堪。前年，经过专家考察论证，市委、市政府决定筹集资金进行全面、整体的修复、完善、改造、重建，本着修旧如旧和修旧如新的原则，把骑楼城装扮出别致的“花样年华”。集建筑、文化、旅游、商贸、居住于一体，让骑楼建筑文化在恢复中发展，在发展中升华，增添无限魅力。话语中透出他的几分兴奋与自豪。此刻我眼前的一切似乎更加明朗、更显风采，更令我感动。是啊！面对这古老灿烂的文化，谁能不从心里感到由衷的自豪呢！

骑楼城之夜，灯火通明，灿烂辉煌。晚风吹拂，令人心旷神怡。此时此刻我感慨万千，骑楼城是诗之城、歌之城，画之城！她是古代历史文化、人类文明的结晶，她是一种人类智慧的赞美。骑楼的建筑历史并不悠久，然而她匠心独运，岭南风味，中西结合的文化特色，凸显独特的魅力，是一份不可多得的文化遗产，它的修复重现给八桂文化宝库增添一份璀璨之珍宝。

啊，骑楼城的万家灯火，照亮了我的心扉灵府，让我沐浴了大彻大悟的奇妙光明。西江历史上曾经创造古苍梧文化的辉煌，但今天我们不能仅仅陶醉于历史的辉煌，更重要的是去创造未来。未来应该比过去更加壮丽！

骑楼城是一曲城市的音乐在跳荡，
骑楼城显现一种动人心魄的本色，
骑楼城沐浴一片辉煌奔向未来！

走进福多堂村

福多堂村听起来，自然会使人联想到福贵满堂的意思。村名如何叫起，不得而知，可如今却是名副其实了。

村庄嵌在一座山坡脚下，几十户人家散居在密密丛丛的荔枝林里。一条水泥路直穿村庄，并向荔枝林深处延伸。村庄缓缓地倾斜，村路也显别致，平坦的，是一色的水泥路面；陡仄的，是一溜的石头就势蜿蜒。

全村的房子，大多数是近年修建的，一幢幢小洋楼掩映在绿树丛中，一色的花格砖门楼、一式的屋顶、一样的天井、一样的花园、一样的马赛克镶成的方桌长椅，一派现代村落的景象。

福多堂村过去并非多福。多少年来，岁月在星移斗转中流逝，这里一直十分冷清，人们住的是低矮的泥墙破瓦的房子，全靠一块山地、几亩水田过日子。在挣工分时期，小的不怯大的，青的不畏壮的，活路上投机取巧，都有一套反唇相讥的本领，祖上留下的一些荔枝老树已不结果，有的甚至被砍掉，更不用说种新的。映在山村的金秋，是一色的惨淡……

如今村民们每每谈到福多堂村的变化，人人都很激动，都说："是托了改革开放的福，福多堂村，才真正享福！"特别是近几年进行农村产业结构调整，他们发挥了山地优势，大量种植荔枝、龙眼、香蕉，人均收入由原先的几百元一跃达到近三千元。人们在不太长的时间里，辞别了苦涩，显示出初步的殷实，并成了方圆十里八寨小有名气的文明村。

当一幢幢新房从残垣中矗立起来的时候，一样的白粉墙，一样的青砖绿瓦，一样的花门牌楼，一样的独家小院。人们感到单调、平常、乏味、无彩，他们开始向往和追求山外城市的文明生活。县里、乡里、村里的干部了解村民的所想、所思、所求，于是和大家一起进行了改水、改厕、改房、改路，建起沼气池。不到两年工夫，全村实现了燃料沼气化、住宅楼房化、庭院绿美化、用水自来化、户间路硬化、厕所厨房卫生化、家具现代化、电话程控化、电视闭路化、言行文明化，建立起“五改十化”的新型生态家园。他们造就了农家的殷实与富足、进步与文明，一个个喜滋滋、乐呵呵的。

福多堂村的巨变和崛起，为农村发展树立了一个好的样板。消息传开，各地到这里参观的人很多，中国联通浦北分公司常到村里现场服务，市里还在这里召开了信息网络现场会。福多堂村如今可是窗内吹喇叭——名声在外了。那天，我们是慕名驱车一百多公里到那里参观的。

春天的阳光，温暖而不炎热。繁茂清秀的荔枝树，绿叶披拂，满树黄花，散发着阵阵清香，阳光下，备觉可爱。我们边看边谈并不时走进农户家中看看。这里千亩荔园连成一片，像一张厚墩墩的绿色绒毯，盖在大地上。掩映在绿色丛中的屋宇仿佛一艘艘海中舟，在绿色浪涛中前进，美丽而壮观。

我和村民们围坐在荔枝树下的瓷砖台凳上拉起家常，谈论着年景，谈论着世道的变迁，谈论着对青年的教育，还谈论福多堂村的未来……村民们笑了，笑得那么开心、甜美！我也笑了，笑得那么真诚、自然，笑声里真是情意融融……

我迢迢百里来访山村，虽说旋即离去，但我庆幸不枉此行，以至离开多日之后，还想念着。离开时，我们和村民们一起照了张照片，一个个满面笑容。如今照片就放在我的书桌上，天天可以看到他们，每次下乡无论走到哪里，都会常常想起他们。这不正是亿万农民的笑貌和神情吗？

啊！我深深地想念着这山村的一切！

丹城灯火

我平时很少夜晚上街游逛，赶夜店，因为一到晚上大街小巷霓虹灯闪烁耀眼，车水马龙，噪音不断，叫人天昏地转。我喜欢安静，独立，自然。今夏时节，我出差南丹，这里的气候十分凉爽，特别是晚间，清静，舒适，安然，想好好休息养神。吃过晚餐，县里的领导同志邀我上街走走，说从去年开始，他们大刀阔斧地对城镇风貌进行了一次大的改造，特别是对全城的街道、路灯、建筑外墙，作了全面整体的改造装饰，县城面貌为之一新，很值得看一看。

南丹并不陌生。据史料记载，南丹县因盛产丹砂并向朝廷进贡而得名。自唐朝以来，南丹炼丹用丹之风一直盛行，民间和官方都有炼丹炉。南丹当时属夜郎国，盛名一时。七十年代，我在河池地区工作，常到南丹，听到许多关于炼丹的故事和传说。对这里的民族风情、风俗也很感兴趣，走过县城不少大街小巷。我想，故地重游，回味自己当年没有来得及抒发的情感，也挺有意思！盛情难却，决定破例夜逛丹城！

我们在新修的街道上漫步。街上行人车辆络绎不绝，灯火通明，热闹非常，让我们忘却了这是在一个山区小城。举目四望，当年的老街小巷已经面目全非。马路对面是一座四层楼房，一看便知道外墙是被改造过的，中间两层有两道露台式的房子，廊柱上塑着华美的图案。再往远处遥望，一座座华屋墙上灯火辉煌，一行行造型别具特色的街灯通明，将街道照耀得像白昼似的。“全城路灯造型和屋墙的装饰图案都是从南丹土司文化、白裤瑶民俗文化以及丹文化等文化元素中提取的！”县委书记边走边向我们解说，脸上带着几分神秘和自信的笑容。

我们踱入丹东路，这里的路灯最为华丽，灯型为牛角铜鼓。我仔细观赏，是以白裤瑶民俗文化代表元素铜鼓和牛头为主，仿图腾柱造型，用牛角支撑铜鼓，显示出一种力与美。在丹东路红绿灯路口，还依照传统宫灯样式装点一路。灯杆横纵转角处安装中式窗花，颜色根据建筑窗花的栗色。车道绿化隔离带还设置有景观路灯，整体造型模仿精美的壮族妇女银质头配饰，开启后亦显出节日盛装般绚丽，可兼顾照明及景观的效果，大家赞不绝口。我指着一排排亮晶晶的路灯说：“这是灯文化，文化灯，别具匠心，是一种大胆的创新啊，难能可贵！”

我偶尔驻足，凝望着满街闪烁的华灯。啊！仿佛是天上撒下的光珠、光线织成的薄如蝉翼的轻纱，网住了南国丹城，网住了绿绿的桂树林。朦胧使一切变得美丽多彩。西面的民行路，多姿多彩的灯光更叫我们目不暇接，很富特色的木结构楼廊，人行道上镶着花岗岩方石，平坦结实。街灯的造型为粮仓状，顶部装饰着三个含苞欲放的莲花，线条流畅。县委书记告诉我们：“南丹旧时曾叫莲城，因此这条街灯造型取莲花状，配上粮仓型，寓意南丹经济社会如花绽放，人民丰衣足食！”

我们往前走，在那参差错落的路树影里摇曳着波光，我们走近一看，原来绿树下挂着鸟笼样的路灯，抬头往上看，顶部配置着一个偌大的牛角。设计者的创意来自白裤瑶男人生性喜欢玩鸟，几乎每家每户门前都挂有一个精致的鸟笼。牛角则是壮、苗等民族崇拜的图腾。这条街灯寓意民族团结，共建美好的未来。我边观赏着造型奇特的路灯，边感受着山城恬静的氛围。迎着夜风，感到这南国丹城多么和谐，宁静，诗一般的清馨，画一样的绚丽，叫我们如痴入迷了。

南丹盛产锡矿，被誉“锡都”，县城有条街被命名为“锡都路”。县委书记介绍说，此路灯型为锡元素中华灯，灯的顶部造型以六棱形晶体为基础，色彩以金属锡的颜色为主，晶体矩形面镂空铸字，其中的锡元素 Sn 符号代表锡都与国际接轨，展现南丹锡矿生产在国际上的地位。古印繁体锡字，代表了南丹的历史文化积淀。整个路灯显得极具金属质感和远古韵味。整条街建筑式样，美术工艺，无不放射出瑰丽辉煌的异彩。我很久之前就希望我们的小城镇一定要保持独有的地域文化特点，增强南方小城的民族风格。如今，我竟身历其境，置身于古朴璀璨的民族文化氛围之中，能不觉得一种宽慰与赏心悦目吗？！

我不清楚我们已经走过了多少条大街小巷。这一夜我们是在灯火海洋中游荡，每看完一条街各具特色的路灯，我们都为之赞叹和陶醉。设计者费尽匠心根据不同的街形，不同的楼宇，不同的功能，融当地民风民俗以及民间传说为一体，精心设计，为各街量身定制路灯。在现代化的商业中心，也仍然有不少建筑保持着古老的民族风格。许多建筑的门窗、廊、柱都饰以绮丽华贵的图案，橱窗里陈列的工艺精巧玲珑。这些无不烘托南国丹城浓厚的文化氛围。

诚然，这里绚丽多彩的灯文化，不得不使我着迷，不得不使我赞叹。多少城市设计者、建设者、管理者，费尽心血立志要把我们的城镇打扮得更加靓丽，更加舒适，更加生态自然，可是有的时候却缺少了些文化意识。城市里建起了很多现代情调的建筑，用笔直的线条、银色的钢窗、化学的色彩，给人以新颖、现代的感觉，然而在他们的笔下，手里，本土文化，民族文化，中华文化却销声匿迹了。这不能不说是一种悲哀！一个地方、一座城市在人们心里留下的印象，是文化，文化是永垂不朽的！只有文化才能打动人心，才会百看不厌。这次南丹之行，亲自领略一下南国丹城灯火景观，在我心底刻下了深深的印记。那满城灿烂辉煌的灯火，不仅彰显了南国丹城绚丽多彩的民族文化，同时也象征着南丹锡都无限光明美好的未来！

第二辑

秀美山水

天等独秀峰

“天等”壮语的意思是立起的石头。天等县地处桂西南大石山区，全境都是黑乎乎、硬邦邦的石头。真是名符其实！人们用“九分石头一分土”来形容它的地貌及其自然环境，再贴切不过了。

仲秋时节，我们一行驱车到阔别多年的天等，想实地考察一下石山地区生态保护的情况。汽车在盘山的柏油路上行驶，沿途山峦叠嶂，奇峰耸立，石山上经过多年封山育林，已泛绿色，山势十分雄伟壮丽，在大山与大山之间，偶尔露出一块平坝，有小溪水从中流过，村落便聚居其中，依山傍水，景色也十分迷人。我心里暗自高兴，这些变化，不正说明山里人保护自然生态的意识增强了么？这是一个多么伟大的进步！

车子驶进县城，街道已面目全非，上世纪九十年代初，我在南宁地区工作，几乎每年都要到天等来。记得第一次来时，车子已经进了县城，我还问司机：“这里离县城还有多远？”司机笑着说：“这就是县城了！”凭窗往外一看，房子破旧，街道狭小，两旁连一棵小树都没有，就跟桂东地区的一般乡镇差不多，我感叹不已：“山里要比山外落后二十年啊！”

眼前，这座大石山中的县城，已今非昔比，高楼林立，街道繁华，一座连着一座的新楼房与街道一同延伸，一线铺开，整洁美观，街道两旁种植了各种果树花草，绿树成荫，透出一股清新的空气，使人心旷神怡！县领导告诉我，如今县城面积比原来扩大了一倍，旧房经过大面积改造，每条街道都显得整洁、美观，各单位主动搞好环境的绿化、美化、净化，要把天等县城变成大石山中一道亮丽的风景线。

到达县城的当天下午，县里应我们要求，安排去看看这里的国家石漠化治理示范区。在“以粮为纲”的年代，由于山里土地少，毁林开荒种粮，加上山高路远又缺乏燃料，农村都用木柴做饭、取暖，大量的山林被毁灭，导致了水土流失、山石裸露，旱灾、水灾、风灾频繁。石漠化十分严重，有的地方草木不生，尽是光秃秃黑乎乎的岩石，叫人看了心焦啊！有一年，联合国粮农组织的官员到天等考察，断言这里不是人类居住的地方。而天等人祖祖辈辈在这里生存，真是人类的奇迹！

从县城出发往大山里纵深三十来公里，便是国家石漠化治理示范区。我们的车队在公路边一块偌大的石碑前停下，举目看见碑上醒目地写着示范区负责人姓名、面积、目标要求和具体措施。示范区的负责同志指着碑文给我们介绍情况：这项工程刚刚启动了两年，就初见成效，通过封山育林、植树造林、退耕还林、引进耐旱速生树种、推广使用沼气和修山塘水柜等措施，防止了水土流失，保护了山地山林，使原来石漠化十分严重的山地披上了绿装……

我们爬上一片山地仔细观察，果然看见一棵棵幼树从石头的夹缝里探出嫩绿的枝头来，仿佛看到了大石山萌发出新的生命，新的希望，心里一阵喜悦！啊，星星之火，可以燎原，点点绿意也会漫遍石山。绿色是生命之色，生机之色！示范区的成功经验，让人们尝到了人与自然和谐共生的甜头，已逐步在其他地方推展开，天等这块立起来的石头将充满生机与活力！

次日，我们要返回南宁，县里的同志热情挽留，盛情邀请我们登独秀峰，观赏县城全境。并说：“天等独秀峰，不亚于桂林独秀峰，林茂、石奇、道险、景美，到天等不登独秀峰，将是一种遗憾！”盛情难却，又听得这番介绍，大家观景心切，推迟回去，吃完早餐便登山去了。

天等独秀峰耸立在丽川江畔，这里古树丛生，绿荫如盖。一架古老的石板桥跨河而过，直达独秀峰山脚。因多年失修，桥上的石块已经参差不齐，凸凹不平，但依稀可见到古人凿打的痕迹。桥下深涧中黑色激流在涌动，给人一种深不可测的景象。小河两岸柳树婀娜，翠竹成行，绿草茵茵，沿河岸修出了一条仅有二三米宽的游览道路，早晚有不少城里人到这里散步游玩。

我们走过石板桥，来到山脚，便沿着一条狭窄的山路小心而缓慢地向独秀峰顶攀登，山中的树木保护得很好，到处是百年古木枯藤和珍稀的树木品种。所谓的路，就是用一块一块方石接连起来的阶梯，整个路程，就是一步一块石板地向上爬行。由于前几天下过雨，石板格外滑，我们都无心戏闹，只是途中偶尔驻足，抬头向四周环视，观赏一下景色。没有顾上观赏周围的全景，实在是一件遗憾的事。

山路不是很长，半个多小时，我们便登到了峰顶，也许是由于来得太早，山上很少游人。我登上峰顶的观景亭，放开眼界，纵览天上地下，那茫茫连绵的山峦，那金色的田野，那绿色的树林，那远远挂在山头上的太阳，我想，被灿烂朝阳照耀的大山、田野、树林，正燃烧着山里人可贵的信念。他们的美好家园里，有潺潺流动的溪水，有无数拔地而起的峻岭，有充满希望的田野，还有一个个挺起的胸膛，他们正在为改变命运而奋斗，为改善生存环境而拼搏！尽管艰难万重，今天终于美梦成真。啊！已经有一片绿色，轻轻披于大石山的身上，壮美无比。迎着朝阳，眺望莽莽群山，我心中飞起阵阵旋律，诗情在萌动："秀峰屹立丽川畔，大石山中一奇观。山间古木耸云天，胜似江中扬风帆。天等独秀擎天地，刺破青天锷未残。今朝山民亦抖擞，壮志压倒万重山。"这诗也许不伦不类，却道出了我宽慰和欢畅的心音……

天等独秀峰，不正是天等人的精神之峰吗？不正是山里人治理穷山恶水的丰碑吗？天等不就是屹立在八桂大地上的一座雄伟秀丽的独秀峰吗？！

猫儿山思竹

猫儿山的美丽与神奇令人难忘，而缭绕于山水之间、丛林之中的丝竹之音也是令人难忘的：在那烟雨蒙蒙的山谷深处，在那青竹依依的三江源头，在那绿荫弯曲的山道，在那山花飘香的山头……那每一根颤动的丝弦上，流动着美妙之音，和谐之律，叫你陶醉，令你入迷！

初登上华南第一峰，令人顿生一种庄严与神秘。我们的汽车到达猫儿山自然保护区，正值秋高气爽，骄阳当头。管理区的负责人笑着对我说："你们运气真好，能碰上这样的好天气上猫儿山，是不多的！"进入林区，汽车便在一片绿荫荫的竹海中穿行，林中有绿树掩映着的零零星星的屋宇，道路两旁一排排青竹，像列队的卫士夹道欢迎我们，身临此境，使我立刻感到进入一种静谧、雅致的境地。城里那种喧嚣与浮躁荡然无存，唯有那沁人心脾的山竹之音，真可谓"山静竹生韵"啊！

管理区的同志告诉我，猫儿山位于亚热带绿阔叶林区域，植被为常绿阔叶林，和其他地区的常绿阔叶林一样，猫儿山常绿阔叶林树种繁多，猫儿山的森林根据其组成结构与外貌特征，有常绿阔叶林，常绿、落叶阔叶混交林，落叶阔叶林，山地灌木林及竹林。竹林则是这里占优势的植被类型，既能保护水土流失，又有经济价值，同时可以观赏，一举三得。

果真，在猫儿山脚下办有竹器厂、竹筷厂，加工各种精美的竹器，产品远销区内外，给山民们带来了很好的经济效益。我对竹子情有独钟，不仅偏爱观竹、听竹，而且喜欢使用各种竹制器具，家中的家具几乎全是竹器，有四把竹椅一直陪着我从县、地区到自治区，汗水把竹椅的把手磨得鲜黄，一张竹席我们睡了十来年……今天，观赏到如此辽阔、茂密、壮观的竹林，顿生一种思竹的情怀。历代诗人中吟咏竹子的不乏其人，且多佳作。身临其境，触景生情，随即诗兴发作，顺口吟出咏竹小诗："登上竹山不觉累，竹韵声声渗心扉。绿影婆娑似少女，斜阳映照她清辉。岭南绝顶尽翠微，林中储满三江水。猫儿山似绿宝石，锦绣江山映朝晖。"我沉入优美的诗的意境之中。

绕过一片蓊蓊郁郁竹树夹杂丛生的林带，我们沿着新修的山道向前行，不远处立着一块石碑。管理区的同志指着前方说："那便是三江之源。"我们赶忙大步向前走去，定眼一看，石碑上刻有"三江之源"四个大字。再放眼环顾四周，什么"三江之源"啊！既无水头，又无溪流，"源"在何处？管理区的同志看出我们的疑惑，笑着说："别看这里没有溪流，其实我们的脚下全是水呢，大家试试，这地是浮动的！"我们用力踩着地面，果真像海绵一样浮动着。"山上的树林、竹子把水全都储蓄起来，形成这片沼泽地，成为三江之源头。"管理区的同志介绍说。啊，不登猫儿山，真不知这是猫儿山竹林新的功能。

猫儿山地势险峻，气候变化无常，夏日酷暑、冬天冰雪，山峰常被云雾缠绕，时隐时现，变幻无穷。猫儿山成千上万亩竹林有今天这样的规模和林貌林相，凝聚着护林员的辛勤汗水和心血。护林员不畏艰难困苦，夏顶烈日、冒酷暑，冬踏冰雪、迎寒风，坚持巡山护林。山底的一些不法之徒，常偷偷上山捡竹笋、盗伐竹林，林间的纠纷、矛盾不少，给护林工作带来很多困难。他们总结了一套管护的艺术，做到“遇变不惊，处乱不慌，怒不变容，喜不失节，受辱不冲动，遇难不退却。热情但不失威严，灵活但不失庄重，耐心但不失果断，坚定中不失柔韧，干练中不失细腻，言谈举止得体有风度”。强烈的事业心和责任感，以及善于研究、探讨、积累、总结的思想和工作作风，猫儿山的管护工作搞得很好。文人墨客颂竹，总喜欢用搏风击雨、傲霜斗雪、昂然挺立、高风亮节来形容其形象与品质。我想在护林员的身上不正完美地体现了这些品质么？啊！他们和竹林一样在做自己无声的贡献！

观竹，真是别有一番情趣。尤其在猫儿山赏竹，更令人心旷神怡，流连忘返。这里竹子的种类多、竹相美、竹形挺立，每一片竹林都是一幅水墨画，我们拍了很多照片，永久保留着。我想，怎么能把赏竹作为普通的旅游与观赏！当你荡漾在竹林的绿色之中，你会浮想联翩，会从它们那顽强而长久的生命力和无声的奉献中，得到许多人生的感悟！

瑶山珍宝

金秀大瑶山，是个令人向往的地方，这里一年常绿，四季花香，溪流遍布，林海浩瀚。在郁郁葱葱的亚热带常绿阔叶林中，奇迹般地生长着举世罕见的活化石——银杉，其发现曾轰动世界，深深地吸引住了每个涉足者的心灵。

20世纪末的一个春天，我也进了慕名已久的瑶山。这是我生平第一次进入如此蔚为壮观的大山。汽车沿着蜿蜒的山间公路爬行，环顾四周，莽莽苍苍，蓊蓊郁郁，到处是参天的古木、攀援的青藤和丛丛野草。团团浓雾在座座峰峦间飘荡，活像弹开的棉絮，一直铺到天边，阵阵山风拂过，满山叠起层层绿浪，真有一种超脱尘世，返回原始生物圈的感觉。我深深地吸了一口气，一股清爽之意慢慢地渗透全身，舒坦极了。

汽车把我们送到森林公路的尽头，我们下车顺着台阶往山上攀登。举目往前看，山涧幽幽暗暗，阴阴森森。忽然传来了一阵欢声笑语，我循声望去，原来是一批比我们更早上山观赏银杉的山外客人。陪同我们的县里的同志说，凡是上瑶山的人都要进山看看银杉，进瑶山不见银杉，那是终生遗憾！接着他便滔滔不绝地介绍起来——

大瑶山的银杉分布面广，数量多，有当今世界上最大的一棵银杉，胸径近九十厘米，高三十米，树龄在五百年以上，许多中外专家纷纷到这里考察……

听他这么一说，大家忘了攀登的疲劳，一口气爬到了这号称世界之最的巨杉处。抬眼一看，果真名不虚传。你看，那粗壮的躯干挺拔屹立，直指蓝天，枝条宛如无数坚强有力的手臂伸向四方，雄伟壮观，生机勃勃。同行的每个人都立于树旁拍下这难得的照片。

我走上前细看，银杉躯干因树皮开裂而显得斑斑驳驳的，有的树皮已经剥落。其实这棵偌大的古杉是生长在岩石之中，它在石缝中盘根，把根扎在大山极少的泥土里。银杉处身茫茫林海之中，用它的绿叶点缀群山，用粗壮、结实、有力的躯干和枝条托起蓝天……望着它，我仿佛听到那林涛的呼啸声——雄浑、深沉、昂奋，其中有银杉昂扬的呼声。银杉与大山同生死，共患难，度过了多少难耐的空寂岁月，与狂风暴雨、雪山冻地抗争，顽强地生存下来，赢得了“活化石”的尊称。啊，银杉，你是树中的伟丈夫，是祖国悠悠文明史的见证！

在返回住地路上，大伙的话语如山泉哗哗流淌。我默默地听，默默地想。我的心一直还沉醉在银杉树上，似乎有一股强大的力量吸引着我，又像有一种美妙的旋律在耳边回响。我突然想起一个哲人说过：“物种竞争，不在竞争中生存，便在竞争中消亡……”银杉在世界许多地方已经绝迹，而中国瑶山银杉承受了百载千年的风霜，经历了多少天灾人祸的威胁，在深山老林中蓬勃地生长，屹立于群峰林海之中！

想到这里，我激动极了，我从银杉身上感悟到这样一个道理——在任何时候，任何环境，只要有一种精神，一种勃勃向上的生命力，就一定能在物种的竞争中生存、发展。这乃是促使人类发展的一个珍宝！

绿色的山冈

沿明江东行，不到五十公里，便是十万大山北麓。这里的山不算高，山岭一个连着一个，如同一阵阵绿色的海涛，雄浑壮阔。走近细看，那引人注目的绿色柑橙果树，像一把把巨伞，缀满在这片山地上，好一座绿色的山冈。

太阳已经升起来了，东边天上的朝霞红似火，那霞光在草尖上、树叶上、枝干上抖动着，一棵棵绿色的树干，点缀着满树绯黄的果实，犹如闪动的黄金，耀眼夺目。

驱车驶过，林子里静悄悄的，绿树在晨风中沙沙作响，像林中小溪里的潺潺流水，余音袅袅。在车上陪同我们的宁明县委的马书记，热情地介绍起宁明县发展水果的历史。

宁明地处祖国西南边陲，属亚热带气候，土地肥沃、雨量充沛，很适宜于柑橙生长。早在明末清初，人们就开始种植扁柑。这扁柑既可食果，又可美化村寨。解放后，特别是党的十一届三中全会以后，宁明的柑业得到了空前发展，1989 年产量就达一千多万公斤，目前果林面积近三万亩。各乡镇都涌现出一批种果致富的村屯和重点户、专业户……

听了马书记的介绍，我们怀着极大的兴趣，参观访问了思乐乡的种果专业户。

披着绚丽多彩的朝霞，我们漫步于果园的小路上，只见道路两旁柑树成行，枝繁叶茂，橙黄锃亮的柑果压满枝头，一群姑娘正灵巧地把黄澄澄的柑果摘下来，放进竹篓里，林荫道上运送水果的车子络绎不绝。村党支书老许是种果的土专家，他指着树上的柑果说：“我们在山上种植了五百多亩柑橙，其中一百多亩已开始结果，1989年产量达三万多公斤，比1988年增长一倍多。”接着，他又给我们讲述起柑树移植上山的故事来。

那是农村实行联产承包责任制之后，村委会准备把山头也承包给村民，可是大家却感到为难，这些光秃秃的黄土山冈，能种什么呢？老许过去种过水果，那是在自家房前屋后种的。水果能否在山上种，自己也拿不准。在一次支部会上，他还是提出这个问题来和大家商量：这么多山冈丢着不种东西，太可惜了，能不能种上水果试一试？

水果种在黄土山冈，怕不行吧？

现有的果园都没管好，还往山上种？

这样风险太大，谁敢承包啊？

大伙议论纷纷，莫衷一是。但老许却想，要使大家放开胆子，自己得先带个头做出样子来，拿出实际的东西，才好说话。这年开春，老许二话没说，就领着全家老少上了山。他们斩荆棘，铲杂草，砌石墙，筑柑园，第一次试种了三百株柑苗。然而天公不作美，这年遇上大旱，柑苗眼看就要枯死，他便动员全家挑水上山，救活了柑苗。冬天刮寒风，下冻雨，他就用稻草把柑树包扎起来，防止冻坏。他还买回不少关于柑果栽培种植的书籍，苦苦钻研。经过四五年的精心培育和管理，到1987年，第一批柑果结出来了。这下可打动了村民们的心，于是他和大家一起规划，在山冈上扩种了一批又一批柑果树。1989年，老许的柑果园获得了大丰收，收入一万多元。

榜样的力量是无穷的，老许种果成了万元户，大家种果的劲头更高了。如今全村已有十多户成了种果的重点户。

当我们在老许新建的瓦房坐定，热情好客的主人立刻抬出一大筐柑果来。柑果硕大丰润，有的竟有小饭碗那么大。我好奇地问："这一个有多重呀？"他说："我称过，每个有五六两重！"我钦佩地说："真了不起，从来没见过这么大的柑子。"

从老许的介绍中，我们知道这是他新近培育成功的高产优质品种，这种柑个大、汁多、肉甜，经科研部门鉴定，实属水果之佳品。简短的交谈，走马灯似的参观，仍然使我受益匪浅。我以敬佩的目光注视着眼前这位党的基层干部，深深感到，我们党之所以能扎根于群众之中，能带领群众走上共同富裕的道路，不正是依靠成千上万像老许这样忠诚于党的事业、忠诚于人民群众利益的党员吗？这正是绿色山冈的希望所在……

走出果园，我深深地吸了口气，静谧的山冈飘游着阵阵甜蜜的气息。冬天虽至，但芳草鲜美，满山绿装。啊！冬天关不住的春色从农家小院闯出来，载着春天的信息，带着春天的希望，漫向那苏醒的绿色山冈，漫向遥远的天边，推动着野草绿色的波，翻滚着山花红色的浪，仿佛是一个个金色的音符，流淌在这边陲大地，汇成了一曲曲社会主义新农村的乐章。

大山的主人

桂东在我的印象中，似乎是平川大地。其实不然，那里大多数是山区，云山层叠，冈峦密布，不乏秀美之态。今年春，我们一行八人驱车三百多公里，领略了一番桂东奇峰群立、林海茫茫的风光。

同车的一位当地领导同志告诉我们，这几年，桂东山区面貌发生了巨大的变化。他说，光拿经济林来讲，近年来就增加了上百万亩，农民靠山致富的典型可多啦！经他这么一说，大家都被说动了心，非要进山里看个究竟不可。

在县底公社古燕大队那郁郁苍苍的森林里，我们听到大队党支部书记——一位中年的壮族同志，讲述他们把荒山变为宝山的故事——

古燕山高气寒，每年春暖来得很迟，而寒露来得早，对水稻生产威胁较大，十有九灾。1979年春天，大队党支部组织群众查灾根、挖穷根、找富源。大家都说："山多，山肥，靠山吃山，定能富裕起来。"于是全大队总动员，决心绿化山头。特别是落实了林业政策，更加调动了群众造林的积极性。每年农忙一过，一队队男女壮劳力开山种树，老人孩子抬水担肥护理幼苗。随着这些勤劳人们的坚实有力的脚步，披着荒草的黄土被开拓了，荒凉的山坡变成了绿油油的翡翠岭。经过几年苦战，造林两千三百余亩。去年全大队林木收入三万一千五百多元。支部书记笑容满面地说："按照目前八角树和杉树的长势来看，再过五年，全队每年林副产品收入可增到十万元以上，到那时人们就会更加富裕了！"

他的话，给我们展示了山区未来的图景，他那红光焕发脸上泛着的笑容是深沉自豪的。

一条绿链似的山间林荫道，把我们引进一片郁郁苍苍的荔枝林里。荔枝树像一只只开屏的孔雀，撑起翎羽般的树冠。

一群身穿花衣的姑娘正忙着护理果树。我下了车，侧着身子，拨开低垂的枝条，来到林中深处，正碰上一个梳着小辫、身材窈窕的姑娘，一双明眸就像碧绿晶莹的山溪水。经过交谈，才知道她是两年前从华南农学院毕业分配来的。姑娘指着一排荔枝树告诉我："这几株果树产的荔枝，在去年全区荔枝鉴评会上得了第一名！"这时另一个姑娘从树丛中伸出个头来，飞来一串话："这可是阿珍和场长一起嫁接出来的好品种呀！"说完做了个鬼脸又钻进繁茂的枝叶中去了。

一个风和日丽的早晨，我们翻山越岭，来到黎村公社流河村参观专业户张志庆办的林场。来到那里时，老张全家正在山里植树造林呢。当我们说明来意，老张乐呵呵地请我们坐在草地上，兴冲冲地打开了话匣子。

张志庆今年五十四岁，前些年，他空有力气和才干，却找不到施展的地方。自从党的十一届三中全会富民政策的春风吹进深山，老张细细琢磨着，心头烧起了一团火，和妻子一合计，老两口觉得，山里人只有向山要钱，才能富起来！于是全家六个劳力上山安营扎寨，开荒种树，一气栽了三十多亩小树。老张说，这些树，一棵棵都栽到我们的心上了！全家人个个把心拴到了树苗上……几年来，他们一家人就是这样艰辛地劳动，如今种下了一百二十五亩林木，平均每人有林木十五亩。

我问道："你家的林场开始有收益了吗?"

他笑了笑说："去年已初见成效，林业收入一千二百多元。十年后可就大不一样啦！现在的政策好，农民心里踏实了，干什么活路都肯下劲。和前些年相比，如今山里不知好了多少倍啊!"

面对桂东山区重重叠叠的茂绿云影，我想起这几天的见闻，感到桂东山区之所以变化如此神速，归根结底是人民做了大山的主人。

灿烂阳光八角寨

八角寨，只是在诗文里、彩图上、照片中相识过。虽只是闻其名，却早为之梦萦魂牵。

初夏，我赴桂北地区进行文化考察，终于如愿以偿，和资源县的同志们一起畅游了八角寨。

八角寨又名云台山，主峰海拔八百一十四米，因主峰有八个翘角而得名。这里丹霞地貌分布达一百五十多平方公里。山势融“泰山之雄、华山之险、峨眉之秀”于一体，被人们赞誉为“丹霞之魂”。那天，我们迎着爽爽山风，沐浴着夏日灿烂阳光登上八角寨，脚刚迈进山谷，就被一幅水墨画迷住了。只见山谷四面竹林密布，山连着山，山间云雾茫茫；翠竹像在白茫茫的汪洋中漂浮，又像披着面纱的少女随风摇曳，翩翩起舞，欢跃嬉戏……妩媚多姿的身影，比之雄伟挺立的山峰巨岩，别有一番情韵。

要真正领略八角寨的锦绣奇观，必须“铤而走险”。我们沿着西南坡一条古老而险峻崎岖的曲径往上攀登，道旁便是千仞深谷。当地人说，有许多人刚刚起步，跨上小道，便退却了。我们观景心切，决定一起向山顶攀登。一路上大家都屏息敛声。身后不时有人传出一串串“哇哇”的感叹声。登上第一个观景台，鸟瞰峰峦，危崖峻拔，群峰矗立，山间气象万千。极目之处，一座座栩栩如生不见斧凿痕迹的巨型“群雕”，巍然雄峙，动人心魄。有的如跨涧的奔马，有的似闲卧的猛虎，有的像展翅腾飞的雄鹰，有的似扬帆出海的巨轮，真可谓千岩竞秀，万壑争辉，奇峰簇拥，险嶂逶迤，形态各异，景色迷人。站立于千仞削壁上的象征八角寨的八个山峰，在阳光下闪动着金属般的光芒。仰首望去，那一片片流云缠绕峰间，整个山体在灿烂的阳光下显得更加雄伟壮丽，五彩缤纷，飞霞流丹。这是云的海洋、云的波涛、云的世界。随行的同志赶忙举起照相机，把这阳光下的茫茫云海拍下。

登上八角寨，顿感天开云低。云山接天，山河一线。我们如置身天际，飘飘欲仙。此时此刻，更深刻地体味到毛主席“无限风光在险峰”诗意的绝妙。它道出了人生的哲理，而又将登高的实感表达得这样精微。

太阳已经升得很高，整个山峦金灿灿、亮闪闪的。我们沿着石阶一级一级向上攀登。登了几十级，已是汗涔涔了。休息时，我惊奇地发现，几棵盘根错节、挺拔雄奇的青松脚踏石嶂，屹立于峭壁之上：有的高扬双手，扑向太空；有的身躯横斜，傲视万丈深渊。我想，它们是这奇景中的英雄。也只有勇攀悬岩险峰的人，即真正的勇者，才能一睹它们的风采。

在迈着艰难的步履追寻奇景佳境的路上，我们竟遇上了一位大眼睛、圆脸庞的小姑娘。她见我走近身旁，便细声细气地说了声：“叔叔好！”我问道：“小姑娘，你也是来旅游的吗？”她嫣然一笑：“我是来爬山锻炼的！”

小姑娘一点也不认生，一路上与我们交谈。她是一个苗家女孩，就住在山脚下的寨子里。每逢假日，她都跟妈妈一起上山卖东西。“可我上山主要不是为了卖东西，是为了锻炼身体！”小姑娘在离寨子五里地外的小学读二年级，成绩很好，在班上排前三名。今天是

“六一”儿童节，她一清早就上山了。

“小姑娘，你长大后想干什么?”有人问她。小姑娘微微地笑了笑说：“要考大学，到城里读书，毕业后回来把八角寨建设得更好呗!”她说罢，咯咯地笑起来，笑声是那么甜美，那么激荡人心!

笑声中，我兴奋地回首凝视那嶙峋多姿的八角寨，灿烂的阳光下，每座山峰巨岩都在生辉闪光……

翡翠姑婆山

时值仲夏，头夜又下过一场大雨。早晨雨霁天晴，大地格外洁净，整个山体如出浴的少女，晶莹剔透。进山的电瓶游览车，在绿荫掩映的便道上轻缓行驶。放眼群山，仿佛是一座座绿色的浮雕。

从市区到姑婆山国家森林公园距离并不远，只需半个小时。据专家测定，这里空气负氧离子含量最高达每立方厘米六万多个，是华南地区最大的天然氧吧。在市委领导的再三劝留下，我们一行在这里住了一宿。

果然，一进到景区，扑面而来的是满目翠绿，绿树如屏，绿光摇曳，绿浪翻腾，所有山道都被绿帐翠幔重重叠叠遮蔽着，游览车穿行在林间山道上就像鱼儿游进翡翠般的河流。一路上那高大挺拔的古树、那葱茏茂密的梓木、那浮苍滴绿的松柏、那连绵不断的茶园，在盛夏的阳光下苍碧翠绿，空气也好像是绿色的。那绿并非虚幻，仿佛随手便可掬一捧深深地吸上一口，就像漓江的碧波在胸中荡漾，像九万大山的清泉在心灵深处潺潺流淌……

车子继续向前行驶，绿浪在眼前翻腾簇拥，一条溪流从山林深处流向山外，如同一条白纱逶迤飘逸在林丛间，给大山增添了许多灵气。那挺拔俊秀的树木，上接青天，下踩溪畔石头，根须伸向泥土深处，坚实的躯干和繁茂的枝叶，迎着山风招展，遮住头顶烈日。

它们修长的手臂，挽住涓涓溪流、茵茵绿浪。我被这画面迷住了。

同行的导游滔滔不绝地给我们讲解：姑婆山国家森林公园是桂东大地上一颗璀璨的绿色明珠，园区内峰高谷深，山势雄伟，森林繁茂，瀑飞溪潺，环境幽雅，动植物资源丰富，集“雄、奇、秀、幽”于一体，兼有山水型和城郊型公园的特点，是疗养保健的场所，是舒畅身心的去处，是生态旅游的胜地。

游览车停在一小块空地上，我们沿着一条崎岖的小道向上攀行，眼前出现了一片斑斓的色彩，只见一股清流从断崖石壁间腾跃奔泻而下，在崖壁上垂下耀眼的一片白水花，如烟雨，似细纱。瀑布之下，是一个偌大的深潭。伫立潭边，瀑布飞泻而下的气浪夹着颗粒很粗的水雾，不断向我袭来，清凉爽快。啊！如此壮美的、奔泻的巨大流体，它是奔腾的江河，是壮美的诗篇，是狂放的山韵。此时此景，我忘乎所以，忘乎所在，忘乎所思，一切的迷惘、烦恼、失意、悲伤、痛苦、私念都荡然无存，尽情地体味着生命的美好和自由，享受大自然的生机与真纯。

年轻的导游告诉我，森林公园里的瀑布多姿多彩，这叫仙姑瀑布，那叫瓦窑冲瀑布、罗汉瀑布、银河落九天瀑布、二毫半瀑布、鸳鸯瀑布等。她一口气数出好多个瀑布来，可惜我们一行因时间匆忙，无法领略更多瀑布的壮美风姿！

我们弃车步行，山径上林木茂密，一片苍翠欲滴，草木清香，沁人肺腑，崎岖的山道两旁，奇石异树，藤攀蔓结，山花点染。我虽游历过名山，但如此充溢花香与碧绿幽静的，只有这姑婆山森林公园了。山道石阶虽高低不平，但并不难走。正当大家一步一把汗向上攀登时，迎面一块巨石挡住了去路，上面刻着四个雄健秀美的大字“人间仙境”。昂首一看，但见巍然一山，青石绝壁，峻峭如削。绕过巨石，前面便是牛头寨。这是央视拍摄电视剧《围屋里的女人》的实景，如今作为一个景点供游人观赏。

我心中正暗暗赞叹这山的雄秀、村寨的神奇时，半峰的树木摇晃起来，传来“喳喳——喳喳”的声音。我循声寻觅片刻，才发现于树枝上、石壁间，有好几只猕猴在跳跃活动。有人在小卖部里买来一袋花生，撒在地上，猴子成群结队地跑了下来，捡起一粒粒花生，慢慢品尝，还不时跑到我们跟前，企图抢人家手中的花生，毫无惧色。姑婆山一带，早期是原始森林，是珍禽异兽的天堂，如今动物种类远没有那么多了，猴群是近年野生繁殖的。这些猴子经过多年与游人交往，能与人和谐相处了，其实人与自然本应是圆融无间，共生共存。使人感到慰藉的是这里的生态保护得如此之好，我为之感动、兴奋、欢呼！这是一首壮美的人与自然的恋歌，是一幅绚丽多彩的山水风景画！

时下，正值采茶季节，导游一定要我们去看看方家茶园，品尝姑婆山的人参乌龙茶。山坡上开着红灿灿的野牡丹花，酸溜溜的金橘挂满枝头。在万绿丛中，我们走进一片碧茵茵、鲜亮亮的茶园，采茶姑娘正为游客表演采茶技术。茶园里搭起了好几处木头结构的茶店，制作青茶供游客品茶解渴。

我们一边观看采茶姑娘沏茶，一边听着她讲茶经。她兴致勃勃地介绍：“人参乌龙茶之所以享有盛名，除了地理气候环境外，在采制上有自己的特色，制茶很严格，最好用特制的小铁锅，底深而口小，火候要不老不嫩，制出的茶叶色泽乌绿，个个呈发髻状，冲泡时都沉底，这样的人参乌龙茶算是极品！”

我端起洁白晶亮的小茶杯，品尝着采茶姑娘沏好的青茶，一股诱人的馨香扑鼻而来，呷了一口，连声赞叹：“好茶，好茶！”姑娘说，这茶不仅能够清热解渴，而且能除烦润燥，清肝明目，解毒降压，益于身心健康。在这里，无论走到哪家，都备有专供沏茶的陶瓷壶茶具，有朋远方来，先给客人敬杯热茶，视为待客之上礼。这一饮茶习俗作为一种文化现象，值得寻味。

沿山径而走，眼前是一块偌大的草坪，芳草萋萋，像一块绿色的地毯。我走在草坪上，脚印在白露沾湿的草上留下绿色的痕迹，夜里蕴蓄着的一股暖气立刻散发出来，空气中充满了新鲜甘香的气息，草坪四周都是茂密的树林，在阳光下发出绿色的光芒。虽是仲夏，但这里格外凉爽，芬芳之气令人心旷神怡。对于我们这些久居闹市的人来说，这无异于一方寻静觅幽、归真返璞的乐土。我陶醉在这绿色的世界里！

走累了，大家坐在草坪上憩息纳凉，让山风吹拂着，举目眺望，满目翠绿。凝望着这醉人的绿色，我的思绪油然而生：啊！是谁把人间所有的翡翠都镶嵌在这面无边的绿色帷幔上？是谁在桂东大地上绘成这片耀眼的绿洲，把这里的一切都抹上了一层深深的绿影——绿色的家园、绿色的田园、绿色的景区、绿色的通道……这可爱美丽的绿洲，会给人们带来最谦和的美德与最淳朴的快乐。绿色是大自然的诗篇，绿色是美好的向往，绿色是奋发向上的生命力。绿洲染绿了我的情思，启迪了我的心神，激起了我的热情，我深深地爱上了桂东大地这片耀眼的绿洲！

三个小时的景区游浑然不觉地过去了，但我们仅仅游了整个森林保护区的三分之一，其他景区会更赏心悦目。归途中，大家还兴致勃勃的。是啊，神奇美丽动人的姑婆山正演奏着一部雄壮的绿色变奏交响诗。这郁郁苍苍、生机勃勃的诗意是生命，是希望，是安慰，是快乐。这绿色流遍八桂大地，孕育了大自然的文明，美化这片英雄的红土地。让绿色洗涤人们的心灵，更强烈地撞击人们跃动的情怀吧！

大明山抒怀

我曾游览过不少风景胜地，常常醉情那山水，迷恋那花木。世纪之交的一个春天，我第一次登上大明山，更被引进了一个令人遐思神往的美妙境界。

记得那天早上，我们从南宁乘车出发，径直向大明山驶去。离开了山清水秀的两江田野，钻进了幽深宁静的峡谷里，在悬挂于绝壁的公路上爬行。我们举目望去，两边是崇山峻岭，在云飞雾腾中是密密层层的原始森林。古木葱茏，有的如茁壮的青年，有的如亭亭玉立的少女，有的如伸臂挥掌的拳师，有的如一把把巨伞直立，青翠欲滴。红的木棉，血一样的杜鹃，火似的凤凰树，还有很多不知名的山花，点缀在一片青色中，分外耀眼。从密林深处不时传来一两声雉鸡的叫声，顿时把我们充盈着人世噪音的耳朵洗涤干净。车子继续沿着蜿蜒曲折的盘山公路前进，两边的林木愈来愈密，香气扑鼻，还飘散出一种甘甜的气味，沁人心脾，从南宁带来的暑气和浊气也涤荡无存了。

当我们上到大明山之巅，却意外地看见在这海拔一千六百多米高的山上，在苍翠的古木披绿的锦帐里，竟有一块碧绿如茵的草坪。同行的一位老者告诉我们，这叫大天坪，还有一个古老的传说。相传在很久很久以前，壮乡有一个县官，因为民请命，激怒了州官，被罢了官，还要把他驱逐出境。县官不肯离开自己的家乡，在当地山民的帮助下，他带着妻子儿女偷偷地来到大明山上，在这里伐木盖屋，垦山种粮、栽树，安了家。天长日久，这里慢慢成了个小小的村落。后来不知怎么给州官知道了，派人上到大明山把小村庄夷为平地。从那以后，这里就再也不长树木了，变成一片绿茵。这古老的传说，自然不足信，但却反映了这秀丽的山色美景，是壮族人民祖祖辈辈用双手开拓出来的。

在林区，我们遇见了打柴的少女、放牧的老汉、养路的民工，他们都笑着和我们打招呼。林场的工人看见我们来了，纷纷围拢过来，热情地和我们交谈，这也许是很少见到山外来人的缘故吧。他们全都是结结实实的小伙子，脸膛给山风吹得黑里透红，显得十分健壮。工人中大多数是壮族，有的来自城市，有的来自农村，有的来自学校，其中在山顶上待的时间最短的也已经有两年多了。林场场长告诉我们，这些年来，他们除了保护好原始森林之外，还年年开山营造新林，同时培育了许多优良的本地树种，如今林场面积年年扩大，木材产量逐年增多。

我好奇地问场长："刚来山顶的时候感觉怎么样？"他不好意思地笑了笑说："开始是有些不习惯，整天跟树木和石头打交道……"随后他告诉我们，这里山高气候寒冷，夜间一年四季要盖被子，穿毛衣。由于风雨多，雾气大，有时衣服是湿漉漉的，使人难受。山顶上的物质生活条件也相当艰苦，最缺乏的是蔬菜和副食品。山顶气候不好，加上到处都是森林，无法种菜，只好每三天下山采购一次。冬天大雪封了山路，汽车下不了山，就得喝盐水送饭。

听了这位年轻的分场场长的介绍，我们无不万分激动，我紧紧握住他的手说："你们太辛苦了！"他的脸露出腼腆的笑容，回答得那么谦逊，那么自然："没什么，这是我们林业工人应尽的职责！"

啊，我爱大明山的美好风光，更爱那些用汗水、智慧开拓这锦绣山河的壮乡儿女。自然风光本来是一个民族物质文明和精神文明高度协调的标志，感谢我们的祖先在自然界中为我们积累了这一份珍贵的财富。今天，壮家儿女将用自己对大地山河的热爱，以自己艰苦劳动来装点这壮丽山河。大明山必将和她的儿女们一起变得更加美丽！

烟雨五皇岭

清晨，飘着细雨。有时天空绽开一小块蔚蓝的天穹，颇有些放晴的意思，许多人不愿在雨中游览。几位年轻人觉得雨天变化多，特别是天气忽晴忽雨，东边日出西边雨，上山观景，更有意思。在他们的鼓动下，我们还是决计去五皇岭观光。

我们从浦北县城出发，驱车一个多小时，才到目的地。这是新近开发的一个旅游景区，又逢下雨天游人稀少，给了我们一个细细观赏的机会。天依然飘着细雨，灰蒙蒙的似烟似雾，或淡或浓，亦近亦远，满天弥漫着，轻轻飘散着。上山的路狭窄险峻，不能并行，大家自然排成一行，沿着一条新修的石级路径，缓步前进。随着山路越来越陡，越来越艰险，大家都只顾自己脚底的路，加上喉干气急，刚才那股谈笑风生的劲头，逐渐消失了。我偶尔立足稍息，举目远眺，连绵起伏的山峦，似巨龙起舞，像万马奔腾，蔚为壮观。“山行本无雨，空翠湿人衣。”绵绵雨丝一直打在脸上、身上，全身湿乎乎的。我们怀着览胜的赤诚，要去目睹五皇岭神奇的面目，去求索奇岩怪石的诡秘。登高望远，要认识这苍茫的世界，探究大自然的真谛。

大家都累极了。我们在当年上山下乡知识青年遗弃的破旧房屋前坐下休息。据说当年有十几位知识青年在这里安家落户，他们垦荒种果、种玉米，养鸡、养猪，生活十分艰苦。但他们在这里抖掉了满身的稚气，刷洗掉积聚多时的淘气。后来回城了，各自颇有成就。前不久，他们还专门回五皇岭故地重游……

我问当地的朋友“五皇岭”的由来。他给我讲了一个神话故事：很久很久以前，有个风水先生路过此地，惊讶万分地告诉当地人，这是块风水宝地，如果谁家的祖坟葬对龙脉，将会先后出五个皇帝。消息传开，方圆七村八寨的老百姓争先恐后把去世的亲人埋葬在各个岭上。不知哪年哪月，果然有一家出了个秀才，众人纷纷传说他家祖坟葬对龙脉了，要出皇帝了。此事一传十，十传百，传到朝廷。皇帝派人一查，果真如此，于是命令当地官府在这家的祖坟处建了个庙，把龙脉的灵气压下去了，再不可能出什么皇帝了。人们为了纪念这风水宝地，取名“五皇岭”。民间神话传说不足为据，只是反映了当时人们的一种心理和幻想，亦为民间文学增添了丰富的内容。

雨还在下着，大家担心上山可能受阻，都说趁未下大雨前，登上山顶的主要景点看一看，否则枉此一行，心有不甘。我们继续艰难地向山顶爬行。老天很作美，当我们临近山顶时，密集在附近几座高峰上的乌云，像预先知道我们要来似的，顷刻间烟消云散，雨渐渐变小，头顶现出一束束阳光，我们身上挂上金色的流苏，披上透明的锦缎，散发出紫光。大伙不顾山路的艰难，沿着上到山顶的便道，一口气冲了上去。经过“一线天”，我举目仰望，只见那一块巨石如用利斧劈成两半，顶上还横着一块巨石，把裂口撑开，远看像一座巨大的石门，真是鬼斧神工。

登到山顶，所有的人都惊叫起来。在连绵的几个山头顶部全是草地，在绿茵茵的地面上，好像是用人工摆着一条长达几公里的巨大石头走廊。每个巨石都有上千吨，形状各异，姿态不一，有圆形、长条形、扁形、方形，有的平放、有的挺立、有的重叠……重叠着的巨石之间没有一点联系，看似摇摇欲坠，但千百年来仍然屹立，在风雨中巍然不动。每块巨石的形状都似人工雕琢，栩栩如生。有的像巨大的平台、有的像猛虎卧视，有的像座城雕，有的像情侣依偎，有的像巨型的地球仪……更神奇的是有块巨石，极像男人的阳器，冲天而立。好奇的年轻人“啪！啪！”从不同的角度拍了很多照片。亲临此境，确有一种原始时代的神秘感和森严感，留下了很多不解之谜：这些巨石是从何处来的？是如何呈现在山顶的？其种种形状是如何形成的？……太多的困惑和疑问，令我们百思不得其解。

真是世界之大无奇不有！在五皇岭之巅，放开眼界，纵览天上地上，眼前无边壮丽的景色，就连那岩石上的青草，也长得特别修长、秀美。在这里，真正享受祖国壮丽山川的灵山秀水，我沉入陶醉。啊！黄山也无如此奇观，可惜至今没有一篇完整的文字介绍，使她如同在烟雨中披上一层朦胧的面纱，不为中外旅游者注目，无不为之惋惜！

我们沿着老路下山，我的腿像绑了个沙袋，一步一步往下走。大家都说不虚此行，对五皇岭的奇特景观赞叹不已。在这烟雨浩渺的境界中，得到酣畅的精神享受，得到了览胜探奇的满足。县里的领导都说对五皇岭发现得晚，开发得晚，建设不好，宣传不够，浪费了这丰富的旅游资源，如今已经作了全面的规划，加快景点建设，他们希望同行的作家艺术家写更多的作品，宣传浦北，包装浦北，推销浦北，把像五皇岭这样好的旅游景点推介出去。末了，他们请我为浦北县庆写首歌。也许是由于喝了甘甜的流泉，吮吸了山川的乳汁，也许是由于五皇岭的奇特景色，令人陶醉，使人灵感顿生，使我诗兴大发！一首歌词竟在手机上写就：

五皇岭啊高昂头，

托起太阳照神州，
请到浦北走一走，
风光胜似桂林秀。
蕉林翻绿浪，
荔枝满山头，
南流江水清悠悠，
欢歌笑语淌美酒。

五皇岭啊伸伸手，
挽着月亮竞风流，
请到浦北走一走，
客家山歌是问候。
红椎木精美，
竹编走五洲，
千年古道开新路，
南国儿女写春秋。

春游小龙江

在大地充满生机，百花盛开的春天，我又一次游览小龙江。那天，我和乡政府的老苏乘一叶小舟顺流而下。为我们撑船的是一位壮族老大爷，他浓眉大眼，满脸都是皱纹，虽然已是年近六十的人了，可身板还很硬朗。

我们的小船“哗哗”地犁开航道，在浪花的簇拥下，向前航行。我站在船头眺望着两岸绮丽的风光，但见玉簪挺立，罗带萦回，峭壁垂河，青山浮水，还有那浓荫掩映的别具风格的屋宇……好一派锦绣山河，如诗似画！我迎着两岸扑面而来的山姿、水色，顿觉耳目一新，心旷神怡，不禁连声赞道：“现在龙江春色更美啦！不愧是刘三姐的故乡！老苏对我说：“山清水秀人更秀，等会儿我们上岸到一个村子去，你会亲眼看到一切啦！”

“如果大家不嫌弃，就到我们村去吧！”老大爷没有等老苏话音落，便热情地邀请我们，他脸上挂着壮家人特有的憨厚、真诚的笑容。盛情难却，我们当即应邀。

船继续前行，经一段水程，前面不远处有一个依山傍水、景色如画的山村。

“到了！”随着老大爷的话音，船儿慢慢向山村江岸靠拢。这村子十分别致，一幢幢新造的屋宇，整整齐齐地掩映在树林之中，翡翠色的绿叶映衬着红瓦青砖，犹如绿叶托花似的绚丽多彩。竹林中花香鸟语，山上、江畔万紫千红，五彩缤纷。看到这般景致，我们真的有点欣喜若狂了，不约而同地转身，以感激的目光看着老大爷。此时，他满脸带笑地说："通常人们游江都是远看山姿水色，其实山村的景色比那更美。"我们赞同地点了点头。

老大爷引着我们穿过一片楠竹林。葱翠的竹林，富于绮丽的色彩。嫩笋破土而出，林中显露一派勃勃生机。这时的老竹，霜根长节，苍劲挺拔，颇有拂云擎日之态。新篁密筱，翠烟如织，更具清隽疏爽之风。啊，翠竹透露出春的消息，显示出春的风姿。正赞赏着，竹林深处传来一串笑声。我抬头一望，只见一群姑娘在林中护理竹子。一路上，老大爷指指点点，向我们介绍生产情况："三中全会以后，放宽了政策，我们在龙江两岸大量扩种竹子，然后用竹子加工成各种工艺品和生活用品，作为旅游商品销售。为国家增收外汇、村民家庭增加收入。"他告诉我们，用大型楠竹做成的竹刻工艺品朴实美观；用"四方竹"做成的竹手杖，很有特色；用竹簧做成的"山水刻花筷"，色如象牙，这些都深受外国朋友的欢迎……

说话间，我们走进一幢新盖的三间瓦屋，刚踏进门口，老大爷就扬起嗓门喊道："秀她妈，有客人来哩！"话音未落，一位衣着整洁的大娘笑眯眯地出来迎接我们。走进客厅，屋里的陈设使我们大开眼界：墙壁上贴满了年画，桌上摆着一台十二英寸的黑白电视机，靠墙摆着油漆光亮的桌椅箱柜，桌面上整齐有序地放着闹钟、各种书报和收录机。我们还没有坐定，老大娘便端来热腾腾的香茶。

"老大爷！"我品着香茶，多少带点惊讶地问："你们村子里，有多少户买了电视机？"

"全村四十户，有半数买啦！"老大爷不假思索地回答。

"真了不起！"

“嗨，这几年农民可是富起来了。”老大爷抽着旱烟，美滋滋地说：“去年家家粮食大增产，现金大增收，我们一家光靠副业收入就一千五百多块。像这样下去，莫说买电视机，电影机也可以买得起哩！”老大爷说到这里，“吧嗒”吸了两口烟，接着说：“大家富了，可没忘了国家，去年村里卖双超粮六万多斤。大家心头想着共产主义哩！”

是啊，村民们富了，思想境界也高了，人们绝不会满足现状，他们有新的期望，有崇高的向往！

时候不早了，我们要起身告辞，可是老大爷说什么也不让走，几经推让，家宴已摆出来了，我们不得不入席就座。腊肉、鲜肉、烹鸡、花生……摆满一桌，老大爷还拿出自己酿的糯米酒款待我们。我虽不会喝酒，仍兴致勃勃地干了两杯。龙江两岸的秀丽景色，江畔人民的幸福生活正像美酒一样醇，令人陶醉！

酒烧脸红，山映脸红，夕阳照得山河一片通红。翠绿的山，碧绿的水，腾起紫色雾霭。我们要赶坐末班车回城，依依不舍地告辞了。老大爷把我们送到村口，“明年春天，欢迎你们再来啊！”老大爷扬起手，热情地说。

“好哩！明年春天一定来！”

啊，春天，你给小龙江带来了温暖，带来了生机。明年这里的春天，将更加绚丽多彩，气象万千！

海湾的白帆

依稀记得史书上记载着的海市是誉满中外的南珠产地，早年的海产品远销东南亚。如今又是对外开放的城市，很值得去了解一下。

汽车驶入海市境内，我忘情地从车窗往外眺望，那别具风格、一色崭新的南方屋宇，掩映在绿树之中，一望无际的田野泛着绿色；婀娜飘舞、青翠欲滴的凤尾竹，阔叶纷披的香蕉林，新建的厂房、车间，高耸的脚手架，都沐浴着融融的阳光。人们有的匆匆步行，有的骑着自行车，那情那景，如诗似画，令人遐想……真不凑巧，我要重点访问的市委负责同志老杨，前天下乡镇去了。我只好拨电话给他。起初他没听出我是谁，待我通报了姓名，并说是从省城来的后，他顿时热情洋溢，话筒里传来粗犷的声音："哈哈！我们还是校友咧！"

海市的乡镇企业本来已叫得当当响，年年盈利都是几千万元，有些工人的年收入达到三四千元。但老杨前两年出国考察回来却不知足，愣是要给自己出难题，说什么改革开放的路子是走定了的。可是现在的厂子，还拿不出能在国际市场有竞争优势的产品，大都是属于粗加工，只不过钻了城市改革还没有成龙配套的空子。一旦城市中小企业改革动真格的，对乡镇企业便是一个极大的威胁，如不及早下手抓几个在国内外市场有竞争优势的大项目，就没有几年好光景。他经过多方调查研究，决定从发展海产品入手。

老杨从国外考察回来带回一些介绍西方国家有关生产技术的资料，他组织了几个人认真研究，开始筹划着建一个先进的大型加工冷冻厂。他们从引进设备所需要的资金，算到国际市场海产品的销售价格，从设备引进后产品的质量、成本，算到产值、利润，越算越觉得诱人。仿佛透过厚密的云层觅到一隙亮光。一个大胆的构想开始在他的心中萌生：引进国外先进技术、设备，充分利用沿海水产的丰富资源和劳动力的优势，生产出高质量的海产品，打到国外去……

现在，仅花一年时间，海市的冷冻厂就投了产。由于产品批量大，质量好，品种多，终于打入了日本、新加坡、美国以及中国香港等地市场，不到两年时间便收回百分之六十的投资。

说实在的，我很钦佩老杨，他通过对国际市场信息和技术的了解进一步看清了乡镇企业的潜在的价值，以无畏的胆识驾驭波澜壮阔的世界经济风云。

在海湾渔场，我见到了老杨。他满腔热情、潇洒自如，风度举止像一位年轻干部一样。实际上，他已经五十出头了。他十分抱歉地说："我要跟船队出海，您先和渔场的领导同志谈谈吧！"

看来他是早有安排，我不便强留，只好改日再谈了。出海前的海湾一片欢腾：风帆高悬，马达轰鸣，人声鼎沸。而大海却是平静的蓝，不动声色地昭示着她的丰厚、温暖。帆，如海鸥展翅，太阳从高远的云中放射出光芒，点点风帆，动动静静不安地期待着……

帆，以它高擎的旗帜，带着浩荡的船队，毅然告别了海湾，扑进了无边的大海，打破了大海的平静。浪波飞腾着推出，船后拖着一道长长的白流。是大海给了帆以胆量，给了帆以气魄，给了帆以大度，给了帆以顽强不屈的意志。我伫立在岩石上向着船队挥手，遥望渐去渐远的帆影，把一片火红的祝福系在桅尖：啊！海湾的白帆，鼓着现代化改革开放永不消失的朝气，迎着时代的潮头，乘风破浪，向着太平洋的彼岸驶去……

漂游布柳河

竹排已经在布柳河上漂游了一个多小时。始发点磨里村已经相去很远。竹排去时是顺流而下，但滩多河浅，每过一个滩头都得把竹排扛过去，费劲、费时，这却也是一种情趣，一种体验。

布柳河发源于乐业天坑地下暗河，水清纯净，狭窄多滩，水流却很平缓。她是一条幽秘、奇异的河。一路上我们很少遇到别的船和竹排。两岸不见人家，有的只是一条静谧的碧绿的水，两岸扶持的石崖和石崖上蓬勃的树。那凝重的岩壁陡峭，色彩斑驳，那多姿多彩的林貌竹影，那鲜艳绚丽的山花绿草，如同铺展的长幔画卷，缓慢地移动，偶尔一缕一片的阳光照射下来，静静地落到水面上，浓重的树影和荫凉则覆盖了整条河流。山风迎面吹来，拂耳而过，曲折深切的河谷不断地在我们的竹排前展现，像一扇扇神秘而没有尽头的门被不断地打开，此时此刻，使人感到外面的世界离这里很远很远。

为我撑竹排的是位年轻小伙子，穿着一件白色的背心，十分强壮有力。他说，从小生在布柳河边，三岁就开始在竹排上玩耍，七岁开始独自撑竹排下河打鱼，对布柳河了如指掌。过去很少有外地人到这里，自从开发搞旅游，外面的人纷纷到这里漂游，去年就来了几万人，他们也靠旅游发了财……

我们赶上前面一个光着脊背小伙子的竹排，当竹排平行时，他们俩用本地话说了几句，便走到竹排前，用绳子把两只排紧紧地捆系在一起。我不解地问，这要干什么？小伙子们说，前面是一个可直漂下去的滩头，单排下去危险，把两只排捆在一起就保险多了。

前面就是滩头，水流开始急速起来，两只竹排顺流直下，竹排置身于激起的水浪之中，后边翻卷着浪花和飞扬的泡沫。我紧紧地抓住一根绳子，趴在竹排上，一动不动。眼看竹排就要撞到河心一块露出水面的石头，两个小伙子不慌不忙地把竹竿点在石头上，竹排安然地顺水而下。过了滩头，小伙子们仰起头，毫不掩饰地露出了得意的笑容。当我回头看看其他竹排过滩的情景时，我们的同伴有两个落了水，十分狼狈，大家发出一阵开怀的会心的笑声。这笑声，听起来意味深长……。

竹排驶进了一条十分狭窄的河道，头上的天空也变得窄长高远起来。峡谷四周林木茂密，水流湍急，景观奇绝。这时我们听到了猴子的尖叫声，有几个黑点在岩石上及崖间跳动，崖上一些繁密的树剧烈地摇晃。撑排的小伙子对我说，这座山上有几十只猴子，无人时，它们会到河边戏水，玩耍，现在来的人多了，它们很少下山，等到习惯以后，明白人不会伤害它们，也许会上竹排来和游客一起游玩呢，猴子是很通人性的。俗话说：一回生二回熟，熟了同吃一锅粥。小伙子真能说话。

布柳河飘游的终点是一座横跨河面的巨形天然石拱桥。时值中午，大家顾不上吃午饭，便一直往前划。拐过一道河湾，天宽了，山远了，地更绿了。只见一个弧形巨石悬空于碧水之上，当地人称为“仙人桥”，石桥天成，桥拱对称，拱底平滑，似人工雕制，像巧匠架设。经专家勘测，桥跨度为一百七十七米，高六十七米。立于桥底，形成了一个宽大无比的水平大厅。仙人桥两岸风光秀丽，山林茂密，百鸟争鸣，环境幽静，气候凉爽，山水如诗如画，犹如仙境。

返回磨里村是逆水行舟，尽管撑排的年轻小伙子身强力壮，仍然使他们感到困难吃力。我们一路唱歌为他们鼓劲，竹排朝江而行，身后留下一条细长的水波。天不作美，我们临近村庄时，却下起毛毛细雨。我静坐在竹排上，脱下救生衣，听雨洒落，水波拍击竹排，观看着竹排外的河湾，岸上远处升起弥漫飘散的柴烟。当我们的竹排泊在一处小沙滩前的水域时，岸上绿树青草，一片盎然，河水清凉若风，村边的竹棚里传来乡亲们纯朴热情的呼声，请我们上岸喝茶吃饭，我们听了怦然心动。

有时，人们受到种种局限，只看到事物的一个方面，只看过大自然中的某一处景观，而忽略了大自然许许多多无与伦比的和谐与美。世人尚未熟知的布柳河，随着旅游事业的发展，将逐步被人们认识、开发、利用。这僻静的山林，会喧闹起来，田野、山林、壁峰都会绽开笑脸……。

花甲漂流

我自幼水性很差，很怕下河游泳。记得上武汉读书前，母亲再三叮嘱我：一人在外，大地方，江大、水深、浪急，千万别下河游水，不小心，会容易出事。我果真照母亲的话办了，在武汉五年，从未下过长江，也没到东湖游泳。

随着时间的过去和环境的改变，和水打交道的时候越来越多，慢慢地学会了游泳，有时也会到海滨游游水，很舒服的。特别是看那大海涨潮时，海浪形成一级级台阶，层层推向大地，前面的刚刚撞得粉碎，后面的紧接着又涌上来，前赴后继，仿佛目睹一场残酷的拼搏。大海有着博大的胸怀，有着广阔的蕴涵，她让你去爱，去感知美，去理解、去热爱自然，去拥抱世界！我对水产生了感情，对江河、大海有了激情！

但是，要到江河激流险滩中，我怎么也不敢去。随着旅游业的发展，很多地方开发了江河漂流探险的项目，很受青年男女的喜爱，一些青年男女凭着一时的勇气，只身漂流。起初由于缺乏安全保护措施，有的因水性不好，遇险惊慌，处置不当，出了事故。因此，凡是随我出差或旅游的同行，我都劝他们不要随意下河，出了事不好交代。有些地方领导劝我尝试惊险的味道，保证绝对安全，我都谢绝了。

去年，刚过花甲之年，趁工作之闲，一行九人驱车到贵州看望几位朋友。朋友推荐了几处旅游景点让我们去观光游览，还特别劝我去漂流，体会一下人生旅途的艰难险阻。我把头摇得像货郎鼓。朋友笑我胆小如鼠！说这么多年来，成千上万男女老少都去漂流，均无事故，劝我不妨去试一试。

中午，一觉醒来，不知哪来的勇气，竟和几个年轻人驱车到山涧码头，驾着一艘橡皮船，开始了有生以来第一次在激流中漂流。下到河里，放眼一看，有很多橡皮船，都是些男女青年，在众多漂流者中，我算是年纪最长的了。顿生一种自豪感。

橡皮船顺流而下，好像离弦利箭，我检查了身穿的救生衣，很牢固，便放心地坐在船头。我们的船手是一位身强力壮的小伙子，是经过专门训练的水手，熟练地摇动着桨。船到一个出口处，落差起码有五六米，船手叫我们蹲下，说时迟，那时快，橡皮船顺水直流，一头扎进浪涛中，等我们重新浮出水面时，已全身都湿透了。船手笑着说："先给你们一个下马威！更惊险的还在前头呢！"我有些提心吊胆。

水竟是这样清澈透明，河里的小鱼摇头摆尾，水下落枝，茸茸的绿苔，浑圆的卵石随着起伏的河床砌出了一层发亮的地面，两岸郁碧的森林是那么怡情悦意，闪动的水影映在棵棵耸天而立的林木上，林木中流溢着亲昵而温柔的阳光。漾漾的绿啊，令人陶醉！我被这绿的氛围包容，也被这绿色的意境所溶化，竟然忘却了一路的艰险。所有漂流的小船都摆脱不出绿的怀抱，也摆脱不了激流的轨迹。我随着激流漂逝而去！

橡皮船渡过一个个滩头，我们忘记了自己被淋成落汤鸡，惊恐地随着湍急的水流前进。我看着飞速的流水，眼神有些眩晕了。可是，毕竟其他船上乘的都是年轻人，他（她）还一路戏水，互打水仗，船与船之间互不相让，大瓢大瓢的水往对方身上泼去，恰似暴风骤雨。笑声、叫声，在河谷中回荡！期间，我居然也“参战”了，而且攻势不弱。结果引火烧身，几只橡皮船上的姑娘把我当作主攻对象，叫我难以招架，毕竟力不从心，只好举手投降！

山风拂来，林荫覆盖，我感到有几分凉意。而年轻人竟纵身跳入水中，不觉得凉。他们在河中畅游，不管男女身体都很棒。在水中荡着坦诚的笑，把一片宁静的水面打碎，飞来的满天霞光，仿佛给年轻人插上翅膀，在水面飞翔！我羡慕极了。

各船拉开了距离。我们的船驶在最前面，头发迎风抖开，船桨盈盈地起落，埋头驶进平坦宽阔的河面。啊！我们的漂流虽历经艰险，承受跌落，风吹浪打，但终于漂出峡谷，把激流险滩甩在身后，看见了平静、平坦，一番壮阔的景象……

每当我想起有生以来的第一次漂流竟是在花甲之年，想起那一条寂寞的峡谷，一江湍急的碧水，一路惊险的滩头，漫天飞溅的浪花……就令我顿生一种感动、感激和感慨：人生的乐趣就在于奋斗、拼搏，生命的价值取决于理想、信念的追求。在人生的旅途中，没有人是一帆风顺的，要迎着风浪走，踏着泥泞行，不断鞭策自己，一定能步入坦途。每个人都应当成为优秀的舵手，驾驶自己的生命之舟，勇敢地去漂流！

拥抱大海

我不止一次到北部湾看海，每次的感觉都不相同。现在，我又一次面对大海，坐在岸边被海浪打湿的礁石上，心也是潮湿的，眼睛是明亮的。我是海的崇拜者，我是海的赞美者！

大海，是一部蓝色雄浑的交响乐，感召、诱惑着整个世界，那奔腾的江河，潺潺的溪水，淙淙的山泉，都挣脱青山的怀抱，花树的拥吻，踏着歌的节拍，沿着力的动脉，奔向大海，投进大海的怀抱，寻觅永恒的归宿，探索理想的所在，追求幸福的未来……

海面上十分平静，海风轻轻地吹，海浪温柔地呢喃，折叠绽放，绽放折叠，舟楫纵情的风采，海韵绮丽的装饰，感动、感染了风帆，一切都在动动静静地期待着海潮的到来，眺望这无边的海面，我的心也被触动了，想起海那头的波峰浪谷，挣扎着不死的灵魂，有搏浪抵风猛烈的爱，有低空下垂期待的爱，有声嘶力竭的爱……爱得有韵味、有情致，也爱得苦、爱得难，甚至作出莫大的牺牲。大海的汪洋恣肆，博大神秘，构成人与自然相亲相爱的壮丽图景。

海上刮过一阵潮湿的风，我揉了揉被明净海面反射得发酸的眼睛，几个衣着华丽的少女向海滩走来，我不禁想起那年在泰国的海滩上巧遇几位华侨姑娘，听她们都说汉语，我上前和她们攀谈，竟然是广西老乡，到泰国已经三四代了。我们一起照了相，可她们离开后，才想起没有记下她们的通讯地址。大家都说："老乡见老乡，两眼泪汪汪，什么都健忘了。"至今相片无法投寄，一晃七年。

大海，很多诗人都描绘过它：碧蓝、辽阔、壮观……而我此时却感到海是东方的女人，温柔、迷人、真诚……我无时无刻都在想把她拥抱，激情之下，我心中唱起了这首《拥抱大海》的深情的歌——

你给了我深深的挚爱，
你给了我宽阔的胸怀，
你雾中有梦，云中有精彩，
珍珠的故乡春光常在。
丝绸的波涛连接着昨天和未来！
天风为你歌唱，心扉为你敞开，
扬起的风帆满载着世纪的风采。

你给了我蔚蓝的关怀，
你给了我美丽的期待，
你沙中有金，浪中有歌海，
珍珠的故乡春光常在。
丝绸的波涛连接着昨天和未来！
世界为你骄傲，心潮为你澎湃，
大海啊请你接受我的拥抱，我的爱！

船漂江上

温馨宜人的初夏，是南方花果飘香的季节。在我们对桂北考察的所有旅游项目中，再也没有比资江漂流更使人舒畅和惬意的了。那天，一只木舟载着我们在水面上款款而行。

资江发源于华南第一高峰猫儿山，这里大都是原始森林，水资源十分丰富，河床窄，下滩急，弯道多。资江漂流，被人们誉为“华夏第一漂”。顺江而漂，我们仿佛步入一条长长的山水画廊，两岸奇山秀水沿江延伸，举目之处，无不叫人感叹不已。那一片片竹林，一棵棵参天大树，一块块形态奇特的巨石，使资江有一种原始、古朴、幽静的风味，更有一种灵动、纯洁、秀丽之美感。沿江六十多处景点，其中最为壮观的要数“风帆石”“神象饮水”“火炬山”“将军骑马镇天门”“资江大佛”了。亲临其境，放眼远眺，真是鬼斧神工，形神毕肖……

导游是一位刚从旅游学校毕业的姑娘，苗条的身材，圆圆的脸蛋，闪亮的大眼睛，脸上常挂着笑容。人挺大方，讲一口带着浓重桂北口音的普通话，在船上她不停地讲解着，时而还讲几句俏皮话，逗得大家全乐了。沿途经她的介绍，我们对于身边经过的一物一件、一水一石都产生了格外浓厚的兴趣！

江中的岩石奇形怪状，它们选择了舒坦自如的姿势，让流水冲刷、让沙浪去淘洗着自己的顽强的身体，不分昼夜，它们的面目因此被弄得坑坑洼洼，形形色色。我倾听着水流声，江河上下，不知水声从何而来，因何而去，这水声牵动着心境各异的人们。生活不就在聆听之中吗？我在无穷尽地联想着。

“看，前面有好几只船！”姑娘指着前方对大家说。在我们前面果真有三只小船和橡皮艇，正和我们一个方向顺江而行。姑娘提醒我们，船上的年轻人都备有水枪，两船靠近时，会以水枪射水表示友好与问候。

我们的船慢慢追上他们，又慢慢地跟他们平行。可奇怪的是，对面船上的小伙子和姑娘们只是挥手打招呼，并没有发射水枪。

我正纳闷着，有人说：“我们船上有摄像机，一看就知道是领导坐的船，他们不好意思吧！”“其实让人家打打水枪，清醒清醒挺好嘛！”我笑着说。我们的船很快把他们抛在后头。

山里的天，猴子的脸，说变就变。天突然下起雨来，细雨夹着山风吹拂着，一阵清爽凉快。在雨中观看四周朦胧的山水风光，更有一番风味。清脆的鸟鸣和清新的空气令人惬意万分，如此观景一点也不逊色！雨很快停住了，我们有幸饱尝一道烟雨资江的绝美风景，大家高兴极了！

撑船的是当地的一个村民，五十开外，留着一脸胡子，穿着蓝色布衣，十分强壮有力，撑船的技术很熟练。当船开到平缓处，他突然笑着说：“各位同志辛苦了，我唱几首本地的山歌给大伙助助兴。”大家热情鼓掌。他清了清嗓门，开了腔：“远方客人游资江，我们心里喜洋洋；发展旅游就是好，穷乡僻壤变了样！”“唱首爱情歌吧！”有人提议。他想了想说：“好！来首爱情的。”接着唱道：“茶子当捡你不捡，情妹当连你不连；只有撑船去靠岸，哪有撑岸来就船。”歌声淳朴、地道，大家又是一阵掌声。

江面慢慢变狭窄了。两岸的青山、巨石向我们逼近。没有多久，船儿要下一个急滩，水深不见底。小船摇摇晃晃地漂流而行。撑船的壮汉却不慌不忙，敏捷地摆弄着船只，越过激流，绕过暗石，渡过险滩，我们安然无恙。起初，我们都为之紧捏一把汗，当确信没有什么危险时，才长长地松了一口气。大家都会心地笑了起来，这笑声在山间回荡……

资江漂流，惊险刺激。漂流而下，饱尝山光水色之美丽，尝试探险征途之艰辛，充满回归大自然的无穷乐趣。当我回味起漂流的历程，便萌生了一种感悟：生活不就像这滔滔不息、急流奔放的资江吗？我们便是漂流在江中的船只。只要把稳舵，撑好船，风来拂面，不着痕迹，雨来刷身，不觉清凉，沿途鲜花秀山不过分留恋，即使时而有急流险滩，也勇往直前，才能感知和体味到生活激流的明快、跳跃、奔放与欢畅，不管征途多艰险，都是幸福而有意义的！

神秘的天坑群

都说乐业县是“省尾”，但一直没有去过。最近为亲眼目睹被国内外新闻媒体炒得很热的“天坑群”，驱车到边远的大山里，观赏这世界奇观。

汽车像一只小甲虫在崎岖的公路上爬行，越谷，上坡，下坡，急拐弯，车子终于停在长满灌木的山坡上。从停车处到第一大天坑——大石围天坑，还要走一段山路，爬两道山坡。大家观景心切，顾不得一路行车的颠簸劳累，提脚便往山上走。

这里的山，景色很美，远眺那连绵的崇山峻岭，逶迤起伏，气势恢宏，十分壮观。近看诸山，山肌历经风雨的剥蚀，形成条条褶沟。适值九月，南方的秋天依然一派生机盎然，山表和山腹的沟里长满了蕨类植物，青叶如织，恰似几条青龙蜿蜒而下，又像暴涨的绿瀑从山麓跌落下来，汇成绿色的流水，一齐奔流到大壑之中，壑底泛起绿色的余波。

时值午后，山里空气凝重，加上直登高山，同志们一个个汗流浃背。坐了片刻，不知何处吹来一阵凉风，飒然拂面，大家又精神抖擞起来。

登上西峰，俯瞰大石围“天坑”，万丈深坑，真有一种临空飘然的感觉。坑里云雾蒙蒙，一片灰蓝，底部凸现着一块块巨石，一棵棵老树，那飞鸟兀立枝头，频频鸣叫。

刚刚担任“天坑”导游的王小姐，为我们背诵了天坑群的有关资料：天坑群位于同乐镇刷把村，距县城二十多公里。目前，在方圆二十平方公里的崇山峻岭里，已经初步探明有大小天坑三十二个，其中列入世界规模的超级天坑有大石围、邓家坨、大坨、穿洞、神木、白洞等。在诸多的天坑中，最具特色的要数现在我们正观赏的大石围天坑。经国内外专家考证，大石围天坑垂直深度六百一十三米，南北走向宽四百二十米，东西走向长六百米，底部原始森林面积为九万六千平方米……据说是第一位下到坑底的女性、县旅游局局长接着兴奋地给我们介绍：天坑底部林木茂盛，种类繁多，有比木桫椤（恐龙时代的植物）更为古老的短肠蕨类植物，是目前坑底森林保存完好的植物基因库。森林底部有一条巨大的地下暗河系统，估计有二百多公里，河里有盲鱼等稀奇地下水族，地下河及其上层旱洞中的钟乳，则属稀世珍宝。国内外专家把天坑誉为“岩溶天坑博物馆”“国家地质公园”。目前正申报“世界自然遗产”“国际洞穴探险基地”。

听了这番介绍，再看看眼下庞大的天坑，我赞美这如此平静的大自然，我看见了这些因地心破坏而顷时沉陷的巨大窟窿。这里的一切如同坠入永恒的深渊，然而，却留给了人类考古和探索大自然奥秘的不可多得的资料。这里，那里，到处，大地充满了各种各样的神秘，总有一天，人类会去了解它，征服它，利用它！

太阳被大山遮住了，天色渐晚。可县里的同志还是希望我们到东峰从另一个方向观赏大石围天坑，说会看得更清楚，更全面，又是另一番感受。盛情难却，我们的车子便拐道向东峰行驶。我相信在没有发现天坑之前，这是一个绝无人迹的幽静角落，这里没有令人厌恶的各种污染和噪音，一切都是那么安宁，那么洁净。我们登上一个山峰，便临天坑边缘，地形十分险恶，只要一不留神，踩空一块石头，就会坠入万丈坑底，粉身碎骨。导游把我领到最安全的观景点，大石围天坑在我眼前展开一幅永远清新的壮丽图景：四周坑壁，如斧劈，似刀削，有的平坦如高墙绝壁，真可谓鬼斧神工。陡峭的悬崖上挺立着苍劲古树，非常繁茂，给我留下深刻的印象，使我欣悦。坑底的树木看得更清楚了，树木宏伟，灌木纤丽，花草纷繁使人眼花缭乱，每个景色，每件东西都叫人流连忘返。

我非常感谢专家的功劳，不让如此美好的土地，绚美壮丽的风光，长久渺无人烟。要把她推向全国，推向世界，让更多的人享受如此佳境，欣赏大自然的神奇。

怀着无比的遐想和陶醉，在一种强烈感情的催促下，为“天坑”写了一首赞歌。此刻，我的心灵迷恋于大千世界沉浸于崇山峻岭之中：

都说女娲能补天，
却补不了大地。
一个个天坑洒落在崇山峻岭里，
这不是鬼斧，这不是神工，
这是茫茫大地的神秘。
万丈坑底，人烟绝迹，
岩流奇特，暗河千里，
啊，神秘的天坑群，你奇妙无比。

都说女娲能补天，
却补不了大地。
一个个天坑隐藏着人类自然的奥秘，

这不是传说，这不是仙迹，
这是世界自然的遗产。
远古生物，世界第一，
天坑博览，旅游胜地。
啊，神秘的天坑群，你绝妙无比！

我在天地间感到一种快感，我浮想联翩，人类如果能够洞悉大自然所有的奥秘，我也许不会体会这种令人惊异的心醉神迷，而处在一种没有那么甜美的状态里，我的心灵所沉湎的这种神奇、绝妙的佳境使我在亢奋激动中深深感到：天坑的发现将为人类揭开大自然的许多奥秘，给人类带来无与伦比的利益！

九龙潭漂流记

南国晴响七月，天蓝晶晶的，游飘着花朵样的白云，浪漫而又安详。太阳是高悬的火炉，热烈地燃烧，大地蒸腾着炽热的白光。参加完防城京族的哈节，市文联的同志请我去九龙潭瑶寨看看，并说那里有惊心动魄的漂流。

盛情难却，我决计去那美丽神奇的瑶寨看看，亲身体验一下九龙潭惊险的漂流。下午，我们驱车向大山深处行驶。山深如海，山是主体，一漩涡一漩涡，攒涌着，沸腾着绿色的波涛，成团成团地漫涌过来，似乎要把你吞没，便觉得自己的渺小了。骄阳伸出万千手指在上面弹拨，隐隐听到一种奇妙的韵律，山全都翠亮起来，显得格外沉静、苍峻、旷达和壮美。

我们到达九龙潭瑶寨，这里已挤满了专程来漂流的人群。旅游公司经理刘先生在停车场迎接我们，他说，最近虽不是周末，可来的人特别多，有时要提前两天才能排得上队，今天你们来得正好，比往日人稍少些。

在服务人员的帮助下，我们很快换上泳衣，穿好救生服，戴上安全帽，便上了橡皮艇。这是一条峡谷的山溪，两岸河石兀立，水流过石，水声盈耳，水流飞泻而下，为了积蓄更多的水，漂流公司在溪面上筑起一道石坝，形成一个个大水潭和八十多个大小阶梯的落差，还人工修建了五十多米的滑道，十分惊险。

为了我的安全，刘经理陪我共坐一橡皮艇漂流，他半开玩笑地说："请领导放心，有我在，艇在人在，保证有惊无险！"我说："明知山有虎，偏向虎山行，人生难得这种体验！"

我们的橡皮艇是最后一个沿着十二米长五十五度斜坡往下滑，一下子坠入深潭里，人全都埋在激起的浪花之中，逼得喘不过气来。老刘大声地叮嘱我，要紧抓住橡皮艇边上的扣子，把身子稍稍向上挺起，就没事了……他的话还没说完，紧接着又是一个滩头，橡皮艇像一个玩具被激流东碰西撞地往下漂流。在哗哗的波浪声中，夹杂着人们的尖叫声和欢笑声，满溪都沸腾起来。

不知道前面还有多少个险滩，多高的落差，我真担心自己挺不住，老刘总是鼓励："你的身体不错，漂完全程一点没问题！"我想，事到如今，已经没有退路了，得坚持到底啊！其实人的一生不总是有许多期待，经历许多惊险，迎接许多挑战么？如今虽年过花甲，在漂流中对体能、胆量、勇气进行一次极度的考验，也是一种难得感受。

橡皮艇继续顺着激流从高处直下，漂流忽转忽旋，时而坠下深潭，时而浮游在水面，时而惊涛拍艇，大浪扑面，浪花模糊了双眼。随波逐浪的狂野，一爽到底的刺激，还有信马由缰的悠闲和超凡脱俗的逍遥，让人有极美的享受。这是在平静的日子里无法感受到的。老刘告诉我：有的企业老板，因长时间处在紧张的竞争状态，精神、心理负担太重，他们常到这里痛痛快快地漂流一趟，全身轻松了，许多烦恼和困惑，压力和负重都缓解了。风趣而健谈的老刘笑着说："人生，何尝不是一次生命的漂流，不可预测的前途命运，如旋涡的作弄，如高抛的摔打，如缓流的舒适，当你紧抓命运的咽喉，就像紧紧握住安全的抓手，便可以感受到有惊无险的刺激和快感！"啊，这话说得多有哲理。也许正是如此，九龙潭吸引着成千上万的游客到这里体味人生的漂流！

漂流到一段平缓的水域时，我极目环视四周的山势风景，美极了！山坡上层层梯田，绿油油，金灿灿，还有别具风格的瑶家屋宇，掩映在绿树丛中，一群群的肥鸭，一缕缕的炊烟……对着迷茫的景色，我静静地欣赏着。

在我们到达终点时，夕阳像一颗红熟的大苹果，高高挂在西边的山头上，漫空铺染了灿烂火热的色彩。近阳光处的几缕本该是洁白的云，这时也因夕阳的美好，而兴奋地烧着，像少女遇到令人发窘的事，害羞得脸颊绯红起来。我们的橡皮艇在一个很大的水潭中缓缓地漂游，水平静下来了，一片森森然的参天古木在暮霭里泛着淡淡的红晕，树冠巨大如伞盖，俯临着清悠的溪水。溪水浸染瑰丽晚霞，金光耀眼，如放养了万千尾金鱼在快活地游。我在锦缎似的溪水里和年轻人泼水，追逐，打成一片。

上岸后，我喝了好几碗姜汤水，身体便热起来，漂流中的惊恐与疲劳一下子消除了。热情的老刘要留我们下来吃晚饭，说是特意为我们准备了一台大板瑶风味的饭菜。也许是一个多小时的激漂，大家肚子都很饿了，很快便上了宴席。

果真是一桌丰盛的瑶宴。老刘说，这些菜都是从瑶寨里做好送来的，酒也是瑶家酿的，是地道的瑶味。随即举杯给大家敬酒。很多菜都是第一次吃到的，味道很奇怪，酸、甜、苦、辣俱全。在城里吃过了山珍海味，如今尝尝山寨野味，别有一番情趣和风味。大家吃得很开心，很痛快，满满的一桌菜肴被扫荡一空。我风趣地说："看来，大伙还是喜欢原生态的东西，越是民族的东西，越受欢迎！文化如此，饮食也是如此！"

晚饭过后，尽管天色已晚，我们还是赶回东兴住。此时的瑶寨九龙潭宁静、辉煌、壮美而又生机勃勃，大自然在这一刻更显示了她的无与伦比的魅力，我的整个身心全部消融在瑶寨的黄昏景色里。临走前，老刘叫我为九龙潭漂流写几个字，笔墨纸都准备好了，我立即提笔写下“瑶寨激漂，人间逍遥”八个大字。这便是我对九龙潭漂流的感受！

天湖秋色

我之所以选择秋天去游天湖，是因为天湖秋景格外迷人。有诗为证："玉镜高悬耀碧空，湖光山色尽画中。天高气爽秋日里，烟云浩渺趣无穷！"

清早，我们乘车从全州县城出发，到了才湾镇的南洞村后，车子便沿着路树洒荫的崎岖山路，艰难爬行。阵阵山风从车窗外灌了进来，沁人心脾；一路上，同车的全州朋友絮絮叨叨，不断给我指点四周的山水景物，不停地介绍当地的风土人情。他对故乡了如指掌，热爱备加。

天湖，地处华南第二高峰真宝顶，因地势高险而得名。其实，是由十几个湖泊连成的高山湖泊群，平均海拔一千六百多米。山下的天湖水电站闻名中外，水头高达一千零七十四米，位居亚洲第一，世界第二。山上有四季，十里天不同。自然风光神奇，高山气候宜人，朝来百鸟啼，日尽方生风，其人文景观也十分丰富。近年来当地政府正着力开发天湖旅游。

三菱越野车像在浪中颠簸的一叶小舟慢慢地向前行驶，直到中午才到达天湖景区。吃过午饭稍事休息，管理区的同志便领我们观赏风景。站在高处举目远眺，层峦叠嶂，苍苍莽莽的真宝顶山脉，像一条欲飞的巨龙横亘面前，远处的山坡、山峰上，只长草，树则不多，整个山体既无凌云的气势，也无秀美的线条。但山脚下，湖区四周一片郁郁葱葱的杉木林带和绿油油的草地，给她增添了许多秀色和雅静！此刻，正如范仲淹的佳句“碧云天，黄叶地。秋色连波，波上寒烟翠，山映斜阳天接水。芳草无情，更在斜阳外”。

天湖的气温要比山下清凉得多。走近湖区，湖水清冽，云水相连，湖面上闪头露面的几座各具形态的小山，有如海上的独岛，苍茫中的孤舟，令人浮想联翩。这里的一砾一石，一草一木，都是一道景观。四野仿佛是一眼望不到边的浓浓淡淡的绿色海洋。一行行排列整齐的杉木，笔直的枝，挺直的干，密密匝匝地筑成一片绿色的屏障，那是人工的杰作。山谷里是一条灌木林带，绿色中点缀着粉红色的山花、黄色的枫树叶，彩色斑斓，山风吹着杉树繁茂的枝叶，像无数面旗帜，猎猎有声。空气中有股湿漉漉的味道，却又甜丝丝，散发着惬意的气息，叫人闻不够！往哪儿找这样清新甜美的空气？我缓缓地挺起胸脯，深深地吸了一大口，周身的疲倦顷刻间荡然无存了。

因为天湖电站早有闻名，这次上来是非要亲眼目睹这一亚洲第一奇观的。我们爬过好几个山头，越过几道山谷，登高远眺，在不远的山头上有一个圆形的建筑物。管理站的同志说，那是一个加压井，是整个天湖电站最艰难的工程：在大石山地层，打一口十多平方米宽，二百多米深的井，石坚岩厚，狂风暴雨，气候寒冷，施工非常困难，但水电工人不畏艰难，风餐露宿，抗严寒，顶酷暑，日夜奋战，终于按时按质完成任务。遗憾的是，当我们汗流浃背爬到那里时，井口已被几方偌大的水泥预制板覆盖住了。井的四周空荡荡的，只有几处依稀可见当年施工的痕迹。井旁立着的纪念碑，经长年风吹雨打，烈日暴晒，冰雪冻结，破裂了，所有的文字都碎不可识。凝视、默想之际，遗憾、惋惜之情，顿时涌上心来，怀着崇敬的心情，我们拍摄了一张又一张照片。我十分感慨地说：这里虽然人去碑裂，但水电人造福后代的丰碑，永远立在人们的心中。

熟知当地历史的全州朋友，听了我的话，激动地说，天湖除了水电站因高水头而闻名海内外、以她秀丽的景色而吸引人们，它的人文历史却鲜为人知，其实天湖区还充满着神话传奇，也值得我们为之自豪。湖水下有皇帝大殿，湖水降落到一定水位，大殿的残体会露出水面。有史记载，明朝著名的地理学家徐霞客于公元1637年闰四月慕名登上天湖。明末清初，李自成余部西宁王李定国曾先后率军，在山上安营扎寨，抗击清军，至今民间还流传许多脍炙人口的故事。这些都给天湖增添了神奇的色彩。我站在这历史的山头，咀嚼着悠远的史实，品味着桂北人文奇观。

当夜，我们一行下榻天湖景区度假村，秋月当空，山下酷暑难耐，晚风吹来，带有几分寒意。一道道清辉倾泻下来，隐去了白天的荒寞，一汪静如明镜的湖水在秋月下闪着荧光。仰望峰峦削剩的一角夜空，星光璀璨，月尚未圆，豁牙缺口。今月曾经照古人，她是不年轻了。此时想起唐代诗人有首题金陵渡的佳作：“金陵津渡小山楼，一宿行人自可愁。潮落夜江斜月里，两三星火是瓜州。”这诗，既写出了旅人的轻愁，也表现了夜宿的谧静。景色入画，情韵悠远。天湖的秋夜，便是这般情景。

翌日，太阳还没露出山头，我便起来了，为的是观看天湖的日出。但见东边的山头上现出了淡淡的玫瑰紫，慢慢地加入了橘红色，山坡被渐渐地染红，跃出一线光亮。一轮红日从东边的云海里冉冉升起，霞光万丈。秋阳初露，气势雄伟壮丽，把整个山峦都唤醒了。日出之前，万物暗然；日出之后，霞光四射，万类突显，如众山拱岱，似画栋流丹。啊！万物生灵需要日出，兴邦安国，也需要日出！天湖日出更是一道奇观！令人叹为观止。

为了阅尽天湖秋色，我兴致陡增，还想继续向上攀登，向真宝顶最高峰走去。只有登到顶峰，便知来去之向，脉络形势。昔人讲“海到无边天是岸，山登绝顶我为峰”。这是人生的最高境界，然而公务繁忙，行程匆匆，只好留待来日……

龙角天池探奇

桂西南地区属典型的喀斯特地形，溶岩性地貌。“三天无雨就挨旱，下雨三日便成涝”，滴水贵如油。天等县境内石山耸立，崖高谷深，壮语中的“天等”即立起的巨石之意。

最近，欣闻天等县龙角屯的崇山峻岭之中奇迹般地嵌着一泓若大的池水，人们称之“天池”。关于天池的种种传闻轶事不胫而走，我怀着探奇览胜之心，决计要亲临其境目睹这奇观的风采，探寻她的神奇。

响晴六月，天蓝晶晶的，游飘的花朵形的白云，浪漫而又安详。太阳是高点的火炉，烈烈地燃烧，大地蒸腾着炽热的白光。我们一行驱车去观赏那美丽神奇的龙角天池。

汽车开进狭窄的山道，陡峭的山壁似擦着车窗闪过。光秃秃的大石山体上，依稀点缀着一块块绿色，是当地人封山育林的成果。山深如海，山是主体，一漩涡，一漩涡，簇拥着，沸腾着，群山叠嶂，蜿蜒起伏，峰峰昂立，姿态各异，玲珑剔透，分外神奇，像参差的碉堡古楼，似绵延的宫廷群落，如灵刹御园的兽苑，似一排排群列的雕塑，显得沉静、苍峻、旷达，美不胜收。

车子停在村子前的空地上，我们徒步攀着一条曲折坎坷的山路，向天池行进。爬进一个山坳，拐过一道山崖，天空顿时豁亮起来，一泓湖水展现在眼前。我们沿着一条石块铺就的高低不平的小道，走到池水旁。一眼望去，湖水纯净清澈，泛着碧绿碧绿的粼光。晶莹剔透，像一块无瑕的蓝宝石镶嵌在崇山峻岭之中。时逢夏日，雨水丰足，池水满荡荡的，一阵山风吹来，爽气舒坦得很。一伙孩童，光溜着身子，漂在水里，游呀，钻呀，兴高采烈地在打水仗……

真美啊！我惊叹。然而，这景致却一直蒙着一层神秘而又富于幻想的色彩，多少年来，一直是个谜。

天池面积约三百多亩，最深处近四十米，平均水深度为十五米。池水冬暖夏凉，四季宜人，历经大旱不干涸，久雨不外溢，水位升降仅一米左右。整个湖面高出龙角屯五十多米，像人们头上顶着一大潭水，但从古到今，人们安然无恙。这水从何处来，又流向何处，这是天池一奇。

在这茫茫的湖水深处，隐藏着一个十分神秘诱人的水生动物的世界，塘角鱼、水鱼、草鱼、鲶鱼……无论山外水中，有什么鱼，这里都应有尽有。这些鱼并非村民放养，池中的鱼最大的有几十公斤重。有道是水至清则无鱼，然而，天池水清澈透亮，池中几乎没有水草杂物，水生动物却能长年栖身，繁衍生存。鱼从何处来，量有多大，不得而知，这是天池二奇。

我访问过村子里一位八十二岁的老人，问及这天池的来历。老人说，他也不清楚，听父辈说，很久很久以前就有了。如何有这潭碧水，当地人赋予一个美丽神奇的传说：相传，很久以前，有一年天旱无雨。居住在这个山弄里的赵、黄两姓氏人家，为争后山唯一的泉水而大动干戈。争斗正酣，突然天空星光闪闪，一青衣仙女手执金簪飘然而至，口中念念有词："赵黄一家亲，应有兄弟情。若能相言和，泉水流不尽。"言毕，仙女化作一青龙，金簪变成龙角，只见龙角往泉眼一点，瞬间泉水涌冒而出，永不停息，一下子就漫过了整个山弄。人们惊呆了，于是赵、黄两家和好如初。为了纪念仙女的恩情，人们便把小村庄取名为“龙角屯”，山泉就成“龙角天池”了。这毕竟是一个神话传说，不足为证。天池是如何形成的，何时形成的，至今还是一个谜，这是天池三奇。

像龙角屯这样的山弄，在桂西南大石山区有千千万万个，但都不能储水成湖。过去曾试图人工筑堤坝，建水库，都因岩石山洞补漏不好，滴水难储，如今天大石山中废弃的干涸的水库不少。为何在龙角屯能出现奇迹，天然地储存一泓湖水，且滴水不漏，终年不涸，这是天池四奇。

县里的同志介绍，自从天池这一奇妙的景象经新闻媒体传播出去之后，到天池来探奇游览的人络绎不绝，高峰时一天有上千人。偏僻的山村顿时热闹起来，村民们说，过去不知天池是个宝，如今才知道是个能使我们发家致富的聚宝盆，希望政府尽快开发搞旅游。县里正组织人做这方面的规划，天池之旅指日可待。

龙角天池，还有许许多多鲜为人知的奇事怪景，等待我们去探寻。这是大自然的奥秘，也是一份不可多得的自然遗产。人与自然，强调“天人合一”，人是大自然和谐整体的一部分，又是一个能动的主体，人必须改造大自然，又要顺应大自然，更要保护大自然，与自然圆融无间。

我攀上一座山峰，举目眺望连绵的群山，寂无声息，却蕴藏着无比的神奇和奥秘。天到无边地作界，山登绝顶我为峰。站在云海深处，俯瞰这美丽圣洁、扑朔迷离的天池，我仿佛把无际浩瀚与磅礴气势全抓在手里，想把她看个透，解读个够，不由得产生一派气贯长虹的豪气——

千层岭，万重山，

谁见过大石山中碧水深潭？
谁见过鲤鱼游上青石岩？
谁见过头顶湖水无忧患？
谁见过千年池水永不干？
高山平湖，天池奇观。
清澈碧绿，波光闪闪。
恰似一位仙女飘然群山间，
揭开她美丽神奇的面纱，
解读她奥秘圣洁的笑脸，
八桂大地山水添异彩，
龙角天池奇山秀水美景天下传。

我读大藤峡

我游过不少名山大川，但当我有缘作大藤峡之游时，站在船头，默读两岸雄奇景色和壮丽风光，备感祖国大好山河美丽迷人，并为之陶醉！

金秋十月，黔江像一条碧绿的锦带从远方飘来，两岸葱郁绵延的群山、突兀的峰岩像长长的秀发投入清澈的江中。当我们的游船犁水前进时，白花花的水浪打破了平静的水面，荡起一阵阵波纹。江面很宽，最宽处达六百多米，水并不很深，有的地方可一篙见底，水清得连水草、石砾、游鱼都看得清清楚楚。河水落差大，水流湍急，两岸河床的石头被河水冲刷裸露出黑乎乎的形态，是一道奇特的景观。四周高山环绕，峰峦重叠，绵亘数里，气势磅礴，十分壮观。

游船驶过一个个滩头，导游不停地给我们解说，这石、那峰，这村、那寨，其间蕴含着许多有趣的传说和动人的故事。不管这些是否真实可信，大家都听得津津有味，对我们这些初游大藤峡的人来说，真是长了不少见识。

大藤峡，位于桂平县城西北黔江下游，是广西境内最大的峡谷。相传古时有大藤如斗，横跨江面，昼沉夜浮，供人攀附渡江，故得名大藤峡。峡中河道曲折，危岩奇突，险滩密布，暗礁四伏，巨浪翻滚，漩涡连绵，江水汹涌，涛声如雷，故有民间谚语：“上七下四中间三，古往今来称恶滩。”明代旅行家徐霞客曾放舟大藤峡，在他的游记中写道：“有石自江右山麓横突江中，急流倒涌，遂极满滪洞之势。”“两岸山势高耸，独冠诸峰，时有山峰悬峙。”徐老先生笔下的大藤峡景象极为壮观。

正因为大藤峡山高峡险，古往今来，是兵家必争之地。明代广西历史上最大的瑶民起义就发生在这里。明洪武初年，桂东北一带瑶民不堪朝廷的欺诈勒索，揭竿起义，打着“围城杀吏”“劫库放囚”的旗号，反抗明王朝。斗争声势浩大，波及粤、桂、湘三省交界地区。明王朝惊恐万分，先后派重兵镇压。起义军不畏强暴，英勇不屈，前仆后继，坚持斗争，留下了许多悲壮故事和动人传说。

游船进入一段狭长的河道，江心突起很多嵯峨怪石。导游指着这些奇石说：“你们看，这块像鸡，那块像狗，前面一块像鼓，每块石头都有一段动人的传说。说的是明代瑶民起义首领为了抗击朝廷官兵的水上进攻，在河中布阵。放了神鸡、神狗、神鼓，待朝廷官兵战船开来，便会高声鸣叫，给起义军报信，让他们作好准备。敌人败阵逃跑时，又会擂起战鼓，为追杀残敌的起义军助威。朝廷知道这个秘密，派来一艘战船，想趁夜间偷偷把它们统统打碎。不料船到峡口。忽然狂风大作，滩水怒吼，官兵的大船被掀翻了，破船随水漂流，搁在西山脚下的河岸上，形成了一座山，人们便叫它‘翻船岭’。天长日久，这些神鸡、神狗、神鼓化作石头，守护着河道。”

铜鼓滩是大藤峡的又一奇观。当我们的游船犁水到达这里时，滩水很缓慢。我问导游：“为何叫铜鼓滩？”“是因为人们先后在这里打捞起两个铜鼓而得名。”导游说，“但后来经过骚人墨客的描绘和渲染，说成了‘昔年铜鼓曾飞去，此日涛声杂鼓声’的佳境美景。”末了，他对我们说，每年秋天，铜鼓滩的鼓声特别动人心魂，数里之外可以听见。这鼓声是庆祝秋后的丰收，鼓励人们来年奋斗的。可惜，我们来不逢时，未能听到这动人心弦的鼓声。然而，从远处传来的航船机器鸣叫声和跨河大桥施工机械的隆隆声汇成一阵阵声浪，这声音比鼓声更能震撼人心，鼓舞人的斗志。

在归途中，随行的县委领导同志把一张复印有“大藤峡”三个刚劲有力的字送给我，并介绍说，这是1974年，毛泽东同志向有关人员询问大藤峡的历史时，随手用铅笔写下的三个字。经专家考证，实属真迹。几十年前，毛泽东主席就关心着大藤峡。今天，随着国家经济的发展，大藤峡的开发工作已经开始了。规模宏大的大藤峡水利枢纽和大型电站正在建设之中，未来的大藤峡将是一个浩瀚的高峡平湖，它将造福于人民！

百崖峡谷游记

初夏，阳光灿烂，风和气爽。

“看，这就是百崖峡谷。”随着同伴的话音，我向车窗外望去。青山绿树中，掩映着几幢别致的屋宇，背景便是一道深深的山谷，像一条通天的山路向群山深处延伸、延伸。

正是这一条通天道引来了无数好奇的游客，络绎不绝地深入峡谷，探寻其中的神奇与奥秘。据说，当年太平天国的军队曾在这里安营扎寨。百崖峡谷里还留有太平天国西王——萧朝贵的故居遗址。

进入峡谷景区，沿着一条水泥预制板铺成的平缓小道向峡谷深处行进。这小道是旅游部门利用原来的水利渠道因势因地铺修的，逶迤曲折，格外幽静。小道两旁绿树成荫，杂草丛生，彩蝶飞舞，鸟语花香，使人心旷神怡。丛林中依稀可以看见村民们早年搭建的木棚，现已废弃，只留下一丁点痕迹。当地人早已进入峡谷，只是因交通不便，如此佳境，才鲜为人知。

步入山门，道路坎坷曲折。尽管是在往上行走，但因山道平缓，走起来并不觉累，加上山谷里和风吹拂，空气清新，感到十分惬意、爽快。导旅介绍说，百崖峡谷全长五公里，有三十七道弯，可分三个气候带，峡谷之间气温相差三到五度。走入大门，果真不假，谷外的燥热全然消除，一股清凉的气息迎面拂来，舒服极了。导游说，这种气候很适合老年人疗养。去年，有位老人进谷前是拄着拐杖来的，稍住两天，出峡谷时竟然不用拐杖了。经她一说，大家似乎都精神起来。

过了天门，步履开始艰难。右侧，有一块巨大的方形光滑崖石壁，十分陡峭，据说野猴山羊都不敢攀登。整个峡谷有上百个这样的悬崖陡壁，还有数以百计的侧槽，当地人称之为“百崖槽”。武宣县地处桂中，多为土坡丘陵地貌，起初我不敢相信这片干旱的红土地上竟会有这种峰峦险峻、峡谷逼空、清溪百折的绝妙奇观。身临其境，我才觉得武宣原是祥瑞之地，八桂大地处处山水甲天下！

迎面有棵参天古树，树干粗壮，绿叶繁茂。昂起头看去，主干上方正中处有一根笔直的粗枝，一眼望去，与其他树枝截然不同。几乎所有的树枝都是深褐色的，向斜上方舒展开来。唯独这根粗枝呈灰白色，笔直向上。导游说，这是夫妻树，世间只见藤缠树，百崖槽里树缠树。这对夫妻相依为命，相亲相爱，永世相抱，永远心连心。同伴们争先恐后在夫妻树前拍照留念。

峡谷里林木葱郁、怪石嵯峨、古藤悬吊、百卉溢香，奇异卵石比比皆是。最使人流连忘返的是那一道道瀑布，一口口清泉，一个个深潭。置身瀑布下、投入深潭中沐浴，是一种美丽而快活的享受。同伴中好几位跳入水中，一泡就不想出来了。据有关专家鉴定，峡谷里的水质属不含任何杂质的温泉水，有洁白肌肤、美化容貌、增进食欲、排除体内杂物之功效。许多青年男女不畏路途遥远和山道坎坷艰险，慕名专程赶到这里洗个温泉澡。

顺着峡谷左侧的山路，就进入主要景区，有枫鹃景区、碧湖景区、风瀑景区、月光池景区。进入这些景区，可以猎险那茂密的原始森林、稀少古怪的名贵动物、品种繁多的名贵花卉树种，还有壮观的鸳鸯瀑、天王瀑、西王瀑、善池、水光池……导游图上把每个景区景点都描述得美丽动人。面对众多的景点，我们犯了难，时近黄昏，不知择何处观赏为好。

还是县里的同志给大家出了主意，走东路，看看壮观奇丽的天女散花瀑。我们顺山势而上，山路窄小惊险，登上高处，俯首望望谷底，万丈深渊，令人毛骨悚然。同伴们一个个手脚并用，一步步往前攀行。走到山腰处，导游指着一岩洞说，这叫关羊岩。民间有一个美丽的传说：很久很久以前，有位仙女常下到峡谷里放羊。一天，七只山羊少了一只，仙女四处不停地寻找，都不见山羊的踪影。峡谷外有位打柴的壮族小伙子，那天进山砍柴看见一只山羊十分疲惫地躺在灌木丛中，走近一看，山羊遍体鳞伤。他轻轻地抱起山羊，把它安顿在岩洞里，找来草药为山羊医治伤口。几天后，当山羊伤口治好那天，仙女在岩洞里找到了山羊，并遇见了打柴的年轻人，她十分感激这位壮家小伙救了山羊。两人一见钟情，从此以后，仙女和年轻人常在峡谷里会面，相亲相爱。后人有山歌唱道："仙女有情下凡间，百崖槽里结情缘。樵夫碰巧遇仙女，天地姻缘一羊牵。"

越过关羊岩，便是天女散花瀑。远远就听到"沙沙沙，沙沙沙"的声音。我们走到近处举目眺望，啊！多奇丽的景致！一股清流从天而降，落击山崖，珠风玉溅，似轻烟，似天女散花，似悦耳动听的音乐，叫人遐想联翩。我胸中涌起一股难以自抑的热情，面对大自然，激起对这诗情画意景致的无比向往与眷恋。顿时，浑身的疲乏和水花浸体的寒邪都荡涤无存了。

一阵风吹响了峰顶树林，动人心魄。此时，夜幕降临，山色空蒙，一股股夜雾从峡谷中慢慢升腾起来，弥漫在满山遍野之间，像天女游览了人间美景，依依不舍地飞回天空时，飘流在山间的长长而洁白的绸带……

美啊！我陶醉了。在这样雄伟壮观的大自然景色面前，个人显得是多么渺小。人的一生，假若在生活中有什么苦恼，工作中遇到什么困难，想一想这样富有气魄的崇山峻岭和壮丽的水光山色，就一定会雄心勃勃，排除万难，勇往直前。在返回谷底，走出山门途中，我有感而发，竟吟出一首小诗来：“百崖峡谷一奇观，神斧劈开万重山。玉泉飞流三千尺，天女散花九重天。鸳鸯瀑布情犹在，善池沐浴涤邪念。人生不畏路坎坷，登上百崖必成仙。”

我一直沉醉在峡谷里，似乎有一种美妙的旋律深深地吸引了我，那清清的泉水、那飞流的瀑布、那芬芳的鲜花、那美丽动人的传说……驱散了我先前那种因寻幽探胜未偿夙愿而产生的失落感，心头陡然充实起来。

水城的明悟

但凡有水的地方，就增添几分灵气与秀丽，就有很多美丽的传说，就有很多动情的旋律！

南宁别称“邕”，即四周被水环绕之意。据有关史料记载，古时邕城有很多水域，四通八达，有百湖城之美誉。后因自然变迁，人为因素等诸多原因，原先的河道、湖泊、水渠都变成平地。近年，在人与自然和谐共存的理念推动下，启动了南国水城工程，引水源，开运河，拓水面，疏航道，治臭沟……如今，早年的邕城原貌初见端倪！邕城，那逝去岁月的皱纹上又绽开甜美、柔情的笑容！

正是阳光明媚的初春，我乘舟游览了绿色的水城，绿波荡漾的湖水，尽收眼底。水势平缓，辽阔成湖，澄明如镜，湛蓝似染。水面掠一层似有若无的水汽，淡淡的，匀匀的，悠荡着，飘拂着。当旭日东升的时候，湖水在日光的照射下，泛起一层层粼粼的银光。湖水被周围的绿树，高大的建筑围拢着。往昔的臭水渠如今被拓宽修整一新，中间还筑起拦水的堤坝和闸门，成了偌大的人工湖！

水动情，人也动情。水城的崭新面容，让我心底涌起人造湖水般宽广而深厚的情感波浪。看到这日间景色无限，美不胜收，我思量，晴净夜色里蓝幽幽锦缎似的水面上会布满荧荧烁烁的万点星星，加上湖滨上五光十色的霓虹灯，投映入阔大的水城，那是一个多么美妙的仙境。可这般意境，貌似形成于天地，实际上是出自于人之手。于是，有了丰富的联想，有了强烈的情感，有了宽厚的情怀，有了深层的明悟。水城，回归了本然、自然，她流动着生命的鲜血，流动着历史的痕迹，流动着生活的浪花。如今，她有了一双给力的翅翼，飞翔在南国不尽的春光里；她有了一颗刚毅的心，装容下不懈追求的灵魂，追求创新，追求和谐，追求美丽！

水城是一个宁静的天地，

水城是一个宽阔的海洋，

水城是一个阳光的世界！

我弃舟漫步在湖滨公园的林荫道上，呼吸着绿色的空气，沐浴着绿色的阳光，欣赏着绿色的容貌。一片绿叶飘落在我的手中，我想到了整个水城，不就是靠这一片片绿叶，储蓄了一泓泓的清水，汇集成波光粼粼的湖水么？清清的水，绿绿的叶，连接着春光，装扮着大地，美化着邕城。绿色，象征着永恒的生机。绿色，振奋着蓬勃的精神。绿色，构建着一个充满活力的世界！绿城、水城是一对孪生兄弟啊！

清晰的湖水，润湿了人们的歌喉，也滋润了歌音，从南湖的东边，从树林的深处，响起悦耳的歌声。山歌，生长在山区腹体，播撒在水城四面八方。重重的乡情，浓浓的思绪，一下子定格在这古老的壮都水域之中。这水灵灵的地气哺育了壮乡独具风格的民歌文化。最动人处是，自从南宁举办了国际民歌节，广西民歌名扬海内外，如今无论岁月如何流逝，生活如何变化，民歌都会永远荡漾在人们的心上。为了纪念邕城民歌盛会，新开凿的人工湖，取名“民歌湖”，大得民心。

水流涓涓，湖水清澈见底，湖滨绿柳成荫，错湖有致，岸边细草如毛毡，鲜花似锦。在湖畔可以观赏水鸟在湖面上嬉戏翻飞，无风的湖面，水平如镜，朝阳撒下来的光射在水面上，像一个柔和的光环漂浮在湖上。远处的湖面泛起一层薄雾般的气浪，烘托着射下的阳光，闪耀出五颜六色的光芒，像是谁为它覆上一块花色连翩的壮锦。湖边倒垂着柳丝，映在水里，倒影重重。湖心处偶尔也泛起微波，是鱼儿在水面摇尾打起的涟漪。水城是一幅彩色缤纷的水墨画，美不胜收！

我立于山水之间，城水之交。烟波，因山水而萦绕。山水，因春光而美丽。阳光，连接山水世界，复苏了万年之久的这水那山。如今高楼林立的邕城被四通八达的水域环绕着，拥抱着，显示出这座现代化的都市的自然和谐。历史告诉我们，人与自然的和谐，便是人类幸福的伊始……我脚下的水城，牵着历史，系着今天，连接着世纪与世纪！

湖水陶冶了游船的性情，人在船游，日光也缱绻柔软了。看山，不仅看山的肌理肤色，还要看城中的高体建筑；看水，则少不了打量水色流量，核计水城的容量，议论水城的远景，这都是在欣赏一幅壮丽的立体画卷。听导游介绍了水城的一个长远规划，让我怦然心动，我蓦然想起，清代诗人刘神清赞美邕城的诗句“波涵天上下，光映日浮沉，极望天无际，乘槎好问津”。这无限美好的景色将重现水城！

我掬起一捧水城的绿水，深深识得这绿水的甜味。水城捧一条金闪闪的巨练赠我！春光研一湖喷金溅朱的彩液题句，我把满腔的激情，全融到清澈的湖水之中！我心头倏然卷过一股热浪，不禁吟诵起来：浩浩流波逝，年年柳色新。春柳虽会老，水城永青春！人天须和谐，万世皆太平！

大容山写意

绿　色

我们深入绿色的海洋。

绿色的山，绿色的树，绿色的雨，绿色的雾，车子也像绿色的甲壳虫在曲曲弯弯绿色的山路上爬行。在淡淡的阳光与山体的辉映之中，仿佛我们也变成绿色了。

位于桂东南的大容山腹地的大容山国家森林公园，山体厚重宏大，主峰傲然拔起，群山气势磅礴，被誉为桂东南第一峰。因其山势雄伟博大，雨水充沛，林木葱茂，鸟兽繁多，生物珍稀多样，各类物种无所不包，无所不容，且又在容县境内，故得名“大容山”。南汉高祖刘龑曾把大容山封为“南方西岳”。

绿色是大容山主色调，这里满山翠绿，那蜿蜒无尽的翠绿的原始森林，密密的古树像撑天的巨伞，重重叠叠的枝丫，只漏下斑斑点点细碎的日影，人们在林中穿行，可听到岩石上透出的滴答滴答水声，十分幽静。虽是秋天，走进大容山，就像是春天一样。山色是柔嫩的，山形是柔和的，有一伸手便可以触摸到嫩脂的感觉。在密林稍空的地方，满是野花，红、黄、蓝、白、紫，五彩缤纷，像幅壮锦般绚丽，像无边的彩霞那么耀眼。它们点缀在绿色之中，在太阳下，就像绣在绿色缎面上的彩色图案一样，美不胜收。

大容山的绿色不仅给人们以幽静秀丽，如楚楚动人的美女容貌，更是人们养生的最好去处。这里常年云雾缭绕，森林茂密，野果飘香，负氧离子高达九十八万立方厘米，溪水潺潺，长年不息的山泉水中富含对人类健康有益的多种微量元素。你在林中只要深吸一口气，便可以闻到弥漫在空气中纯净绿色的清香，全身都为之清爽、舒畅。

绿，象征着和平、宁静，绿色是生命之色。据医学专家对人体生理学和心理学的研究表明，人们在日常生活中对绿色都普遍喜爱，百看不厌，因为绿色是大自然万物生长具有生命力的重要标志，是生命的希望。绿色对人的视网膜毫无刺激，色感柔和，奋发向上，对生命充满信心。我爱大容山的绿色，我要热忱地拥抱这绿色的世界！

天　湖

在大容山，峰峦的高处，有个巨大的天然湖水，就像美女晨妆时开启的明净的镜面，湖面平静，水清见底。这里森林四季碧绿醉人，森林、湖泊、溪流、草甸，交织相连，像一幅巨大的山水国画。塔形的树林，宽阔的草甸，清澈的溪流，澄清的湖泊，宁静的空气，淳朴的木屋。走进这样的景境，你仿佛走进北欧的森林，大有异国风情之感。

我们站在天湖之滨，看湖光山色。高空的白云和四周的绿色山体清晰地倒映湖水之中，湖山光影融为晶莹的一体。谁都不想失掉在这样的景色中拍照的机会，我们争先恐后地把自己定格在美丽迷人的风景里。人们常说山色多变，其实湖泊的颜色多变，刚刚眼前还是一片赏心悦目的碧水茫茫，稍不留意，山风吹拂湖面就变成波光粼粼，再往深处看，银白、浅蓝、深青、墨绿的色彩非常分明。大自然是多么神奇，变幻莫测啊！

天湖边有一片草甸，平坦得像地毯，是天然的牧场，一群群黄牛、水牛常在湖边游荡，吃草，饮水。据当地村民说，这是一群野牛。那还是上世纪人民公社年代，集体放牧牛群，因为大容山地博山深，有的牛在牧场时走散后，便很难找到了，天长日久，它们在深山里繁衍生息，成了大容山一支动物群体，成了大容山一道旅游观赏的风景线。

其实在大容山群峰之中，分布着十几个自然湖泊，山高爽朗，湖水平静，如同泡在薄荷酒里的翡翠，晶莹剔透，十分诱人。这些湖泊民间有很多美妙的传说。说是很久很久以前，有一天，七仙女偷偷下凡到大容山游玩，玩着玩着，仙女们竟忘了返回天宫的时间。后被天神发现，慌忙返回天宫，慌乱之中，三仙女把挂在腰间的镜子弄掉了，这时正逢雷雨，三仙女的腰镜被雷公击碎成很多片，散落在崇山峻岭之中，于是变成了这些高山平湖。后人叫这些湖泊为“仙镜”，今天则变成了大容山国家森林公园的仙境。

露　营

莲花池边有一片世人罕见的高山草甸，是一个优良的天然高山阳光浴场。草甸平坦如剪，青翠如滴，四周生长着许多美丽的矮矮的柳杉，在绿树林中，掩映着别具特色的屋宇，像一个浓郁的欧陆情调的童话世界，叫人耳目一新，心旷神怡。

在这里，我们碰上几位正在草甸上搭帐篷的游客，经询问，他们是到大容山露营的“露友”，每年春夏秋三个季节都会结伴到莲花池边露营，一住短则三两天，长的住上一周半月。翻看他们的行装，帐篷是特制的，有防雨、防潮的帆布，床铺，有煮饭的炊具，桌、椅、电瓶、台灯……很齐全。那一个个帐篷搭好了，如同草地上开满了彩色的蘑菇，美极了。

在和露营者交谈中，我问他们为何选择到大容山露营。他们爽快地告诉我，大容山山势虽然峻峭，但又有平缓之处，绿草茵茵，气候温和，环境安静，且蚊虫很少，适合在户外活动。莲花池水质优良，清爽，取水方便，更重要的是这里的负氧离子比一般地方高几十倍，很适合休闲养生。在繁忙工作之余，离开喧嚣的市区，到这里住上几天，所有的烦躁、忧患、困惑都会荡涤无存，这里是我们露营者理想的家园啊！如今人们生活好了，厌倦了繁华嘈杂的城市生活，都想回归大自然！人与自然的和谐共存，不正是当今人类所追求的境地么？

大容山国家森林公园的保护和开发起步比较晚，一切仍在规划之中。我对这里的管理者说，多好多美的国家森林公园啊！重视保护，适度开发，一定要保护她原生态的风貌，适当修建一些供一般游客宿食的宾馆、观景楼、山路、小亭、跨溪小桥之类的人造景观，千万不能破坏森林、草甸、湖泊，不能夺走露营者的家园！

大容山磅礴高昂，青色夹杂着绿色的林带成为山峰的裙裾。那缕缕萦绕的白雾慢慢升起，慢慢绕着我们而去，便很快消失在视野中，一种混着绿草的青味的芳香扑鼻而来，令人陶醉。大容山一切都是和谐，幽静的，然而这样的美景幽境，却鲜为人知，管理人员要我为大容山写首歌，激情之中，灵感一来，写下了这首歌词——

你像一幅美丽的画卷，
飘然挂在云海中间，
春风吹拂你绿色衣衫，
云雾维护你神秘的尊严，
九瀑谷是森林的王国，
莲花池像下凡的天仙。
啊，我爱大容山，
纯净秀美的森林公园！

你是一个完美的大自然，
巍然屹立南国之巅，
阳光映照你婀娜的身姿，
春雨洗涤你圣洁的容颜，
桫椤树是远古活化石，
南方西岳是御赐名片。
啊，我爱大容山，
古朴悠远的人文经典！

通灵大峡谷前的思索

一条寂寞的峡谷，一泓飞天的瀑布，一溪清清的碧水，悄悄流来，又匆匆消失在湾道深处的石洞里。一切都是那么灵动飘逸，绚丽多彩，这便是“美惹得人醉”的通灵大峡谷。

我第一次慕名到峡谷观赏时正值秋天，这里依然一派盎然。我们沿着峡谷进口的近百级台阶，一步步走下峡谷底部。导游告诉我们，峡谷全长二千八百多米，宽二百多米，深三百多米，由地下的暗河隧道贯通连接。它其实是一个由两千多年前因地下河冲刷，使山体淘空下陷而形成的长形“天坑”。峡谷通天彻地，被落差一百八十多米的亚洲单级最高的瀑布滋润得满目苍翠。我们沿着一条小径向峡谷深处走去，沿途很多种名贵古生植物生机勃勃。导游小姐不时指着珍稀植物给我们解说：峡谷里有出现在侏罗纪时代与恐龙同时生长的桫椤、连子观音座蕨等蕨类植物和金丝李、枧木、润楠、桄榔树、火焰树、奇异的咬人树等。峡谷内还荟萃了举世罕见的古崖葬、古石垒。我一边津津有味地听着，一边思索。几千年的历史在大峡谷中积淀，使通灵大峡谷蒙上很多神秘的色彩，如今能亲临如此大千妙境，仿佛回到了远古时代。人与自然自古以来都在和谐相处，然而人类的恶习、邪念却破坏了这种和谐。地球上如今仅存的原生态佳境，千万别让人破坏了！

我们在森林密布的峡谷里穿行。古树老藤遮天蔽日，茂盛的桄榔树、桫椤、野芭蕉和各种灌木，织成了一张绿色的网、绿色的毯，网住整个峡谷，铺盖整个空间，游览步道蜿蜒曲折，不时越石渡溪。我捧起那清澈的溪水，喝上一口，甘甜清凉，再吸一口新鲜空气，神清气爽，美不可言。导游说，峡谷里的负氧离子比外面要高上几十倍，是天然的氧吧。有的游客患有心脏病、气管炎和其他呼吸道疾病，进到峡谷感到特别舒服。很多人慕名来这里享受天然氧吧！

通灵峡谷最吸引人的景观要数神奇的通灵大瀑布。大瀑布在峡谷的尾部，犹如倾盆的水柱从一百八十八米高的地球裂口处倒入“天坑”，成为亚洲单级最高的瀑布。我们沿湿淋淋的石径向瀑布靠近，距瀑布几百米远时，便听到那激动人心的瀑声，像擂击着的万张鼙鼓由远而近。这的确是罕见的单级高位的瀑布。我站在白蒙蒙的水雾里，耳听着雷鸣般的轰响，眼望着如从淡蓝色天幕上飞溅而出的雪白瀑流，我心底的波澜也随之奔涌而出。

在群山起伏的桂西山脉之中，由于喀斯特地质结构，形成了多姿多彩的地形地貌，造就了如此壮观的大瀑布。靖西县境内溪河纵横，主干流古劳河沿山地奔流，通灵大瀑布便是从河流尽头的峭崖上直泻而下，注入深不可测的潭中，再顺着河谷向东汹涌而去，发出山崩地裂的吼声，激扬起遮空蔽日的蒙蒙水雾和绵绵雨丝，在阳光照射下，呈现出美丽的彩虹，景色壮丽无比，真有“星汉流珠落九天”之神韵。

我们坐在石径旁的观瀑亭里，阵阵山风向我扑来，拂去了旅途带来的疲乏。通灵大峡谷的开发者希望我能为他今后的发展提些建议，望着凌空飞舞的瀑布，注视着瀑布边上茂盛翠绿欲滴的古莲子观音座蕨，环顾四周茂密的远古珍稀植物。我顿生一种构想，“古、稀、特”是通灵峡谷与众多峡谷风景不同的地方。这里的古稀植物在世界上几乎绝无仅有，这足以使它增添了许多神秘感。旅游开发，一定要克服一般化、共性化、低俗化的思路。通灵大峡谷必须抓住自己的特点和优势，先声夺人，广为宣传，让中外游客都了解它、敬仰它、推崇它，都想亲眼目睹这些稀世珍宝。这必然会引来众多的游客。大家听了我的想法，都说是个好主意。然而，开发者是否能把这一切和谐地糅杂在一起，认真规划和建设，我拭目以待……

当时人们发现通灵大峡谷时，感到这是一个能够赚钱的机会，所以投资开发，为美化我们的生活，丰富我们的民族文化做出了贡献……然而，我担心，他们是否正确处理了开发利用与保护的关系，地球仅存的几种古生植物中，唯独通灵大峡谷拥有，这是稀世珍宝。保护好是人类对自然的贡献，是对自然的神圣职责。自然和人类必须和谐共生，相互依存，互相辉映，只有这样，才能使世界奇光异彩，使整个地球和谐，整个人类和谐！

第三辑

浓郁绿色

圣堂山的歌声

春风送爽的日子里，我踏着和煦的阳光，沿着崎岖险峻的山道，攀登苍郁挺拔的圣堂山，去追寻这里独具风格的瑶家山歌，观赏她奇妙的风光、古朴的风情、绚丽的杜鹃。

圣堂山在我心目中是座天堂。当天正逢大雾，群峰被掩映在云雾之中，时隐时现，神秘莫测，更增添了几分天堂的幻觉和遐想。阳光正好暖和，风息温驯，而且是从繁茂的山林里吹过来，带来一股幽远的淡香，连着一息滋润的水汽，摩挲着你的脸庞，轻绕着你的肩腰，叫你清新、愉乐无穷，不觉登山的艰辛，不乏心旷神怡。这里的空气十分明净，近谷生烟，远山起雾，那雄伟挺拔、青翠灵秀的风景，像画卷似的展露在你的面前，这种神奇而又迷人的风景，实不多见！

我怀着浓厚的兴味，时而蹲着凝视，时而伫立远眺，时而登石阶山道穿行在密林之中，只见古树参天，藤蔓攀缘。近看怪石凌空，鬼斧神工，像明镜高悬，美女梳妆，巨笋穿空……形象逼真，莫不叫人拍案称绝。我们随导游走过横跨在绝崖深洞上的石桥，沿着一条狭长的栈道行走，一面是万丈深渊，探头往下望去，惊心动魄，沿边设有牢固的护栏，有惊无险。此时，远山飘来瑶妹悦耳的歌声：

杜鹃花树像把伞，
阿哥阿妹同上山，
要想和妹对山歌，
高山路险别怕难。

一条山路分两边，
一边陡来一边险，
阿哥有心伸出手，
妹敢飞去和哥连。

这悠扬动听的歌声，使我们所有的人都呆住了。我循歌声向远方望去，原来是一群瑶家姑娘。我们沿山道走近她们，定睛一看，哟！一个个天真、靓丽、纯朴、秀美、活泼，见到我们咯咯咯地笑着。

“你们的歌唱得太好了！”我笑着赞扬她们。

“我们唱的都是土歌，不比城里洋歌好哩！”一个年纪稍长的瑶妹，莞尔一笑，回答说。

“瑶族山歌有很多种调啊！那才好听呢！能给我们再唱几首吗？”我热切地对她们说。

“没问题，只要你想听，我们可以唱三天三夜哩！”又是一阵咯咯咯的笑声。接着便是悠扬悦耳的歌声——

隔山望见吊丝竹，
难得近前把手扶，
心中想哥难开口，
只好唱歌讲清楚。

清明谷雨雨沥沥，
布谷催人日夜啼，
天晴下雨都下地，
妹和阿哥不分离。
……

这叫人沉醉的歌声，随着山风吹拂在群山间飘荡着。随着歌声，那满山彩色斑斓的杜鹃花翩翩起舞，花浪潋滟，多姿多彩。歌声引着人们继续向山顶攀登，山道上洁白的登山装似云朵飞展，瑶妹们的长裙像打着涟漪的彩色波浪，荡满整条山道的欢声笑语，把人们弄得如醉如痴……

导游是当地土生土长的瑶家女歌手，对瑶山的民歌了如指掌，会唱各种句式、韵调的瑶歌。她告诉我，金秀瑶族民歌内容丰富，格式多样，歌式众多，句式有七言、五言、长短句；歌式有香哩歌、央央唱、哪罗哩、信歌、七任曲、吉冬诺、括架、嘎直等；曲调有过山音、唱香哩、喊香哩、道腔、黄泥腔、迎宾曲等，名目繁多，唱法不一，各具风味。末了，她自豪地说，圣堂山可是歌的海洋，民歌眷恋的地方啊！

我被瑶家妹子的歌声迷住了，被圣堂山的瑶歌倾倒了！同行的一位同事对山歌很是钟爱，把瑶家妹的歌都录下来了。这是他此次登上圣堂山的最大收获。此时，一缕阳光穿过薄雾，洒向大山，慢慢地云开雾散，一簇簇、一片片的杜鹃花开满各个山头，像极乐的孔雀的羽毛，像早晨飞动的朝霞，像五彩的巨伞……鲜艳极了，微风吹来，花枝摇，整个山地被花浸透，空气中弥漫着淡淡的幽香。茂密的杜鹃轻轻起伏，变化着色彩斑斓迷人的图案，发出沙沙的声响，和着山谷中鸟儿的鸣唱，山泉的淙淙流声，犹如情人喁喁的私语，这时我仿佛听到一首古老的瑶歌：

隔山隔水难隔心，
瑶歌连心又传情，
真话写在哪罗哩歌纸上，
听歌如同见亲人！

瑶歌飞过万重山，
日日夜夜盼团圆，
兄弟姐妹哪罗哩争相唱，
一卷歌书代代传。

道路上的游人成群结队，伙伴们相互追赶，一幅欢快、生动的景象。情侣们手拉着手在山道上攀登，在杜鹃花下依偎拍照，享受着爱情的甜蜜，上山下山的游客川流不息，中间有不少老年人。有几个男女青年正在一棵繁茂的杜鹃下照相——远看，他们也像一朵朵开得很大的杜鹃花！听口音，不像本地人，我走近他们，尽情地欣赏那棵偌大的带露珠的杜鹃花问："你们是从外地来的吧？""我们是从湖北专程到圣堂山赏花、听歌来的！"我高兴地和他们握手。面对这几个如花似锦的青年男女，我久久地凝视着、凝视着……蓦地产生了一种强烈的震颤，我感到圣堂山的杜鹃花，圣堂山的瑶歌已经吸引着、征服着、感召着许许多多的人，这不正是山水、人文的魅力，大自然的魅力么？人文与自然和谐结合，将给旅游业发展带来无比美好的前景！

太阳升高了，露出了它那红扑扑的本色。雾淡了、薄了、散了，树上、花上、草上，晃着莹莹闪闪的露珠，我的脸颊、头发已经湿漉漉了。啊！圣堂山的雾，圣堂山的花，圣堂山的绿叶叠在一起，就是我的诗笺，诗笺的格子里永远珍藏着古朴、美妙、动人的旋律和新鲜、温馨、滴汁的气息——我心中的圣堂油然而出：

这里是花的天堂，
万亩杜鹃竞相开放，
灿烂多姿，
富丽堂皇，
巍巍群峰浩然屹立，
托起一轮火红的太阳，
撒落一片和煦的春光，
瑶山威武崛起的形象。
啊！我心中的圣堂，
人们向往的地方！

这里是歌的海洋，
各族兄弟放声歌唱，
瑶歌嘹亮，
飘洒四方，
巍巍群峰披上绿装，
挽着一轮皎洁的月亮，
飘荡一路清甜的花香，
瑶山展开腾飞的翅膀。
啊！我心中的圣堂，
是我可爱的家乡！

瑶山春色

瑶山的三月，是田园诗中最美的段落。

春光在万山环抱里，更是泄漏得迟。这里的桃花还是开着，漫游的薄云从这峰飞过那峰，有时稍停一会儿，太阳从薄云中射出一根根光柱，教地面上的树，岩石上的草，山溪旁的花都绿茵茵、晶莹莹的，格外美丽动人。

第一次到横山瑶寨，叫我感到震撼。这是一个绿树掩映的山寨，一座座新颖别致的砖瓦楼房，依山势而起，镶嵌在果树林中，湛蓝的天空下，翡翠般的绿色反衬着黑白两色的房子，犹如绿叶托花般绚丽多彩。一条小溪从寨前流过，寨子里很热闹，寨前的一个空场上，停放着不少车辆，都是从很远的地方慕名前来参观游览的客人。环顾四周，这美丽、优雅的景色，使我仿佛置身于神话般的境界里。

忽然，透过静静的果树林，传来姑娘们嬉笑声，我们循声走去，原来是两位瑶家妹在念着一本书，见到客人，很礼貌地站起来，微笑着向我们问好。我打量了她们一眼，两个人都穿着蓝色的花衣和红色的百褶裙，宽宽的前额，圆圆的脸蛋，粉红的脸，凸起的额骨上长着一双明亮的眼睛。我问她们："你们在念什么书？""在背导游词呢！"她们用流利的普通话回答。"可以看看吗？"我指着那本子问。

“嗯！”姑娘把本子递给我，打开一看，原来是寨子里为了适应发展生态旅游业，编写了一个横山瑶寨的简介，让每个导游员都熟悉。我翻开细读，其中有段文字十分优美：寨内别墅林立，寨中自然形成的鱼塘星罗棋布，势江北干渠从寨前蜿蜒而过。晋朝至南朝的大小古墓在寨旁错落有致，景致非凡的原始枫林中有千姿百态的冲天岩、银子岩、仙人撒网等景观，是一个民风淳朴，自然风光优美，休闲度假的最佳去处……

我轻声地念着，姑娘笑着说：“哟！你念得比我们好咧！”“我的普通话‘臭青’，比你们差多了！”大家哄堂大笑。经询问，她们都是高中毕业考不上大学回乡的知识青年，后来进了旅游学校，经过短期的培训，回来当导游的。她们很喜欢这种工作，因为很快活，见到很多人，能交很多朋友，更重要的是能亲口把自己家乡宣传出去，感到光荣和自豪。

两位瑶妹聪明伶俐，天真可爱，很有礼貌，大家都争相和她们拍照，让我们留下了难忘的镜头。

我们沿着一条铺着石块的街道走进寨子，视线穿过萧疏的果树，看到每家每户屋前屋后都种着各种菜、果、瓜，饲养着成群的鸡、鸭，寨子中央有个碧绿碧绿的池塘，正面有一个戏台，这是桂西北农村文化的特点，逢年过节，都要唱戏，几乎每个寨子都有戏班子，建有戏台。这戏台对于我，是那样的熟悉，它唤起我对童年生活的回忆。

走进一家楼房，主人正忙着杀鸡宰鸭，客厅里摆着几桌饭席，厨房里更是一派繁忙，经打听，原来这农家酒楼今天要接待八十多位游客，这是近年来一次接待最多的一批客人。他们夫妻俩一早就忙到现在。我们趁客人没有到的空隙和屋主——一位中年的瑶家汉子聊起来：

“你这楼房是哪年砌的？”我接过他端来的茶水问道。

“前年砌的，我们属于第一批建起的！比后面的差点！”他笑得眯拢着眼睛说：“现在农民的房子和城里的差不多！”

“是啊！建这样一幢房子要花多少钱？”

“十来万块就行了。地是自己的，只要有钱，想建多好就建多好！”他很开朗，说话当当响，乐哈哈的！

“你开这农家酒楼每年能赚多少钱？”我问。

“去年赚了三五万吧！”他微微地笑了笑。

“这个数字他留了很大的余地。”村支部书记插上一句。

大伙哈哈大笑。

“现在一年比一年好啊！”他笑着说，“去年柑果价很好，来观光的人又多，收入不低，今年总不能原地踏步吧！总要想办法更上一层楼哩！”

走出寨门口，红日当空，来参观的人越来越多，眼下各地都在策划新农村建设。横山瑶寨很值得一看。当地的领导说，前年，县里已把这个寨子作为富裕生态家园建设示范点，对全寨的山、水、田、园、路进行整体规划、整治、建设，一期工程已全部完工。目前，二期工程正在建设中，全部工程完成之后，横山瑶寨将是一个公益设施具全、村容村貌优美、村民健康文明生活，邻里和谐相处的生态文明、和谐发展的富裕生态家园新村。

我是个很能触景生情的人，无论古今中外，春天总是最好的诗料，有多少诗人曾为她写了多少美丽的诗句。我放眼这仙境般的新农村，无数个绿色的质点，横衍纵漫，一抹新绿，衰草的憔悴，被欣欣然的生机淹没了。几行诗句涌上心头，我急忙在手机上记录下来：

春意在山间荡漾，
绿色掩映着村庄，
每一片都是美好的梦想，
我闻到了山花的芬芳，
听见了蜜蜂在歌唱，
啊！日夜梦想的天堂，
如今就在我身旁……

离开横山时，寨子里的人说：“明年春暖花开时再来吧！”我连连点头答应。春天是可爱的，春天是值得追寻的，春天是值得赞美的，当春风吹拂大地的时候，带来春天新鲜的色泽，带来生命的萌发，带来奇丽的景色，回味瑶寨的春色，桃花笑靥迎人，草木如梦初醒、抽芽，树叶嫩绿新翠，妩媚得像初熟的少女，软风里吹送着青草和果树的香气，鸟儿自由飞翔……这一切叫人难以忘怀！这大好的阳春景色，对大地的主人无疑是一种幸福，一种美好，一种向往。春天，对农民来说不仅代表着诗情画意，还孕育着实现的梦想和希望。我能不来和他们分享这大好的时光么？

浪漫之旅

八月的阳光金灿灿地散落在龙脊的万山丛中，这里的山花还在开放，漫游的薄云从这峰飞过那峰，由这岭漫过那岭，空中的云雀，林中的金莺，成群结队，在山中飞翔、漫游……

当我们登上龙脊之巅，俯瞰这举世闻名的奇特景观时，无不为之赞叹！那一层层、一级级线条如流水行云的梯田，仿佛游动的丝绸铺满整个山峦，气势磅礴，壮观极了！那软红稚绿，灼灼青春，煞是妩媚。没有一种色泽过于凝重、浓烈，一切都作浅淡而萦绕交织，迷人心意，令人心旷神怡。

一路上，有很多外国游人与我们擦肩而过，他们大都自带行囊，在龙脊过夜。据旅游部门介绍，尽管眼下通往龙脊的道路还没有修好，但不畏辛劳，跋山涉水，慕名而来的国外游客逐年增多。他们之中不乏浪漫之旅。县里的同志当即给我们讲述了新近发生在龙脊的故事——

三年前，加拿大青年陆科伦兴致勃勃地游览龙脊梯田奇观之后，正想下山，突然下起雨来，同在观景点上的英国姑娘莎娃德打开雨伞，慷慨大方地为他遮雨。这对异国男女便相识了。经过三年的热恋，决定结为伉俪。万里姻缘龙脊牵，这风光旖旎、祥和宁静的地方给他们的浪漫之旅留下美好与甜蜜，他们一定要到龙脊上按壮族的婚俗举行婚礼。

婚礼8月28日在龙脊上的平安寨举行。一大清早，乡亲们就忙着为新娘、新郎梳妆打扮。新娘穿上熨得平整的粉红低领开襟嫁衣，头上系着粉红头帕，脚穿一双圆口胶底布鞋；新郎身穿灰色唐装。上午十一时，人们放起鞭炮，吹起唢呐，敲锣打鼓，新娘在十二个伴娘簇拥下，从山寨的另一头袅袅娜娜地上路；半路上与迎亲的队伍会合在一起，新郎走上前，轻轻地挽住新娘的手臂，踏着缤纷的鞭炮纸花，高高兴兴地走到新郎"家"。

壮家不闹洞房，美好的祝愿全在酒席上化作山歌抛洒，一支山歌一杯美酒，一杯美酒一支山歌。美酒甘甜醇香，山歌深情委婉，共同祝愿这对异国情侣幸福、安康！喜宴结束后，平安寨的人们还按壮家的习俗，为他们举办民族歌舞晚会，坐夜歌、弯歌、葫芦舞、板凳舞、扁担舞……把喜庆的气氛推向高潮。陪同新娘、新郎来的英国、加拿大的亲人们，以及不同国籍、不同肤色的外国游客都纷纷加入欢乐的行列，唱起加拿大民歌，跳起英格兰民族舞，欢乐的歌声、笑声在夜空荡漾……

让世界人民走进桂林仙境。在人们的心灵中，所有人为的界线，都无法挡住人们的去处。人生的悲欢离合，喜怒哀乐，都是人世间的养分，匆匆的岁月就不再是过眼云烟，而成了忆境中永远抹不去的思念。大自然鬼斧神工，为人类创造了那么美好的景色、那么丰富的生活，赐予那么多珍贵的缘分和爱情的甘霖。不论平淡还是伟烈，都是无足轻重的，只要用心灵、用情感去作浪漫之旅，饱览美景奇观，体味人间真情，洗涤心灵尘埃，这无疑就是美好、幸福的！

下枧河飞歌

清晨的下枧河，情趣盎然，叫人永远看不尽她的无限风光。滚滚的河水闪耀着波光，奔流向前，一座宏伟的公路拱桥像彩虹飞跨河面，沿河两岸，竹木成荫，梯田层层，稻谷金黄，色彩斑斓；那别具风格的山村屋宇掩映在绿树丛中。啊，下枧河，是朝霞的光辉使你变得如此瑰丽多姿！

也许由于我对下枧河有着一种格外亲切的感情，每当我返回故乡，总爱漫步在下枧河畔。我爱看下枧河清清的流水，爱看她无限美好的风光，然而我更爱听河畔人们娓娓的歌声。因为这里是刘三姐的故乡，这里是山歌的海洋！

还是孩子时，有一次，我随大人出外看对歌。哎呀，多么壮观的场面！满山遍野的男男女女，三五成群在纵情歌唱，人们用心中的山歌，传递着相互间爱慕的感情。

从一群打扮得十分漂亮的姑娘中间传来了娓娓的歌声：

东村飞飞蝴蝶儿，
西村摇摇新花枝；
蝶儿采花甜在口，
甜在心头哪得知。

后生们唱：

妹是河边一枝梅，
哥是蝴蝶采花蕾；
蝴蝶采花飞千里，
妹进大海我敢追。

多优美的歌词啊！委婉动听，情意缠绵，龙江滚滚的洪波，冲不断他们的爱情。不是肺腑之声，倾心之意，唱不出这般绝妙的诗句。

然而，在"四害"肆虐的日子里，对歌被说成是伤风败俗，被严加禁止。从此以后，刘三姐的家乡竟然没有歌声，富于感情的年轻人失掉了爱情，素来欢乐的山乡人，脸上布满了愁云。多少个夜晚，青年们聚集在一起，肚里有歌呀不能唱，心中有情啊无法传。

寒冬过去了，春天终于来到了。党中央领导全国人民驱散了满天的乌云，又迎来了光灿灿的晴天丽日，下枧歌乡获得了新生。

这次回家乡，正是中秋歌节，秋收也进入了紧张的关头。在金黄色的田野里，到处是紧张收割的战斗，到处充满着歌声。一班后生们，一边挥舞着黝黑的手臂，一边唱着歌儿：

块块稻田似金黄，
个个姑娘像凤凰；
丰收日子多欢喜，
为何凤凰不开腔。

歌声飘在晴空，传到姑娘们的耳里，可是她们一声也不出，只是笑眯眯地埋着头，更加欢快地收割着。这可急坏了后生们，他们只好又唱了一首：

大好日子不对歌，
当心变成老太婆；
歌也唱来禾也割，
看谁歌多谷更多。

这下可让姑娘们激动起来了。一个眉目清秀的姑娘挺起腰杆，抹了一把汗，亮开了嗓门：

你要唱歌就唱歌，
你要挑谷就找箩；
我打谷子你来运，
累你腰酸背又驼。

姑娘们的还击，把大家都逗得哄然大笑起来。啊，倾心的欢笑，在万里晴空荡漾，人们带着欢乐的笑声向金黄的稻谷挺进！打谷机声隆隆，金色的谷粒横飞；一队队男女青年，挑着一担担黄澄澄的谷子，运往晒谷场。啊，下枧河歌情，是劳动之情，战斗之情，爱恋之情，人民之情！她像奔流不息的下枧河，闪着太阳的光波，欢乐地流淌在祖国的大地上。歌唱吧，刘三姐家乡的人民，用更加高昂的歌声，迎接那必然到来的灿烂未来！

红水河掠影

南国的初冬，仍是一派勃勃生机。这天天气格外晴朗，天空像被水洗过一样蓝得透亮，只有几抹薄薄的云彩垂在天边。我们乘坐的黄色“小甲虫”在黔西南的环山公路上爬行。

红水河梯级电站最大的一级——天生桥电站坝口在这天合龙截流，我们专门从省城赶来参观这一盛景。

汽车穿过崇山峻岭，越过青山峡谷，便开始驰上通往天生桥电站工地的柏油路，沿着红水河畔的山腰逶迤而行。我们不时透过车窗，眺望枯裸的山石、重叠的山峦、奔流不息的红河水——

红河水像一条红色的巨龙，从云贵高原急流直下，蜿蜒奔泻于高山峡谷之中。它虽没有黄河那样显赫壮观，然而这里坡势很陡，河床深窄，落差集中，蕴藏着一股实力雄厚、用之不竭的能量，是一个少有的光和热的“富矿”。

汽车在南盘江右岸的天生桥电站调压井工地停下。武警水电部队的指战员和工程技术人员正在这里紧张地施工，风钻轰鸣，巨大的电铲把土石轰隆隆装上汽车，载重大卡车在弯弯山道上来回奔驰，井下更是一派紧张的施工场面。陪同我们参观的工地领导介绍，为确保电站大坝按期合龙截流，他们已经在工地通宵达旦地干了半个月。他笑着对大家说：“人们称赞战士们是光明的使者，真是当之无愧！”是啊！他们为了人类光明的事业，在这荒山野岭中安营扎寨、风餐露宿，人们的赞美之词对于他们来说，都是苍白和平俗的。电站矗立在天宇间，便是他们生命的价值。

离开调压井工地，汽车盘上山顶。太阳出来了，大朵大朵的云开放在山坡上。当我们来到坝首工地，那里正在进行坝口合龙截流。搅拌机轰轰隆隆地响，几十台自卸载重卡车穿梭往返，把铁石串、特大石和混凝土块向龙口倾泻，大型推土机立即接上，把石料推入江中，河水溅起冲天的水柱，场景是那么壮观，那么扣人心弦。当一辆大型推土机将一块巨石推进江中，把左右两坝钳在一起时截流成功了。

我把照相机镜头对准龙口，把这一瞬间定格在底片上，心也随之激动起来，滔滔的红河水，终于被人们征服了。大坝从河底升起，矗立在两山之间，俨然是一把巨型的铁锁，使红水河这匹桀骜不驯的野马沿人工凿成的水道奔流……

此刻，整个工地一片沸腾，鞭炮声、锣鼓声、欢呼声交织在一起，汇成巨大的声浪，震撼山谷，回荡在红水河上空。

晚上，我们一行谁也安静不下来，找到工程指挥部的领导，希望能了解红水河的开发前景。指挥部的同志面对着我们这伙热情、真诚、好问的“笔杆子”，为我们描绘了一幅红水河绵延千里的美丽画卷：当红水河整个开发任务完成之后，在崇山峻岭之中，将筑起一道道摩天大坝，拦腰斩断红水河的急流险滩，高峡出平湖，几十台大型的水轮发电机组运转，年发电量高达六百多亿度。到那时，红水河两岸工厂林立、六畜兴旺、五谷丰登、花果飘香，古老的河流换了新貌，山区的人们过上了小康的生活，红水河将成为中外有名的旅游胜地，吸引着中外游客……这是多么伟大瑰丽的事业，这是多么令人振奋的前景！

夜深了，西窗月泻在枕上，我沉浸在兴奋的意境之中，回味着白天那动人的场面、壮观的情景。红水河的欢笑仿佛在耳边回响，心头的小溪也泛起泠泠的水声，我再也睡不着了。推开窗子——峡谷、星光、灯火、急流、机鸣，都浑然化作一曲荡胸涤腑、万马奔腾的喧唱。我恍然觉得，这风光绝佳、情韵殊异、激流勇进的红水河不正是世居山村的古老民族前进的象征么?!

都乐碑林遐想

我游过西安的碑林，那里可算是荟萃中国历代书法精华的宝库，是祖国灿烂文化的一面无与伦比的古鉴。漫步碑林，会使你产生临圣脱俗的感觉。然而，游览柳州新碑林——都乐碑林，却使我有一种新的感觉，得到新的启迪。

那天，我们沿着林荫道，拾级而上，行不多远，眼前便出现一座小石山峰，古树环绕，浓荫遮蔽。抬眼一望，赵丹题的“天下都乐”四个草书赫然映目。我们顺着山势游览，所有的碑石都应山势石形雕刻，有的当阳，有的隐蔽。我虽不懂书法，但也想通过石碑的文字认识作者的风采。有的显然对书法很有研究，给人以欣赏的愉悦；有的写得严肃认真，一笔一画一丝不苟，令人钦敬；也有少数虽为随意挥笔而就，却不乏其风采。这里不像人们所想象的那样，会有历代才华绝世的书家、刻手、诗人留下闪光的诗画，就是现代的知名人士的书艺杰作，也寥寥可数。多数是知名度很低的游人所作。这可真是“百花齐放、百家争鸣”的领地了。

在世俗的观念中，作为一个著名的风景区，本身既有得天独厚的条件，也有优美动人的神话传说，还有骚人墨客的诗文字画，才能名扬天下，吸引众多游人前来寻幽探胜。看来，虽然都乐碑林三者均未具备，可她却超乎寻常地吸引游人。

我注意观察周围的游客，其中年轻人居多，他们兴致极高，有的身临其境忘乎所以，有的手抄笔录，有的拍照片，口中还念念有词，啧啧赞叹，为能从碑林中获得自己追求的东西而欢欣。我们中几个年轻人跃跃欲试地说：“有朝一日，我们也到这里露一手！”陪同的市委领导同志指着石山说：“那几块石碑便留给你们吧！”他说得那么真诚、恳切，令几个年轻人手指发痒。倘若当时他们真的挥笔疾书，我想现在柳州新碑林不就也留有他们的墨迹了吗？

我满怀着碑林赠给的浓烈的诗情，踏着石阶走下山来，碑林像一座浮雕立在我心中。眼前蓦地闪出“精神”两字草书，使我猛然悟出了新碑林“新”的妙理。都乐碑林打破了世俗的观念，专为那无名之辈树碑，为年轻人提供表现自己才华的条件。这是标时代之新，立改革之异啊！这精神难能可贵。这不正是柳州人民的精神吗？

啊！柳州新碑林，你启迪着我们去开拓，去创新！

绿色福多堂

大自然的颜色有多少种，说不清，但有一种颜色，是人类不可缺少的，那就是绿色。在色彩学、自然学、植物学等学科中，绿色有其独特的地位。

我要在春天再到福多堂，正是想一睹她春天绿色的风采，绿色的世界。那天，我再度漫步在村里幽静的林荫道上，荔枝林里散发着清香，春花含苞欲放，有的已攀满枝头，小鸟藏在碧叶中婉转不停。我的眼光，爱抚着金黄的迎春、雪白的玉兰、粉红的月季、紫色的山茶……绿茵茵的草地，满目的荔枝树、蕉林，构成了一幅春光图，多么动人！

在一片苍劲的荔枝园里，我发现一位满头银发的老人，正专注地打量一棵古树的躯干，久久不动。老人脸色红润，虽很瘦削，但看得出精神很好。我上前和老人打个招呼，原来我们认识。那年，我第一次进福多堂，在他家我们聊了好长时间，他是位退休的教师，喜欢书法，还临摹了毛泽东的手书《沁园春·雪》挂在客厅的墙上。我好奇地问："老先生，你在干什么？""噢……噢……"他挺直腰转过身，眼光像雪亮的闪电，看了我一眼："啊，是你呀！"没等我说话，他手指向几株斑驳的老荔枝树："你看，那树底色是褐色，年代久了，又覆盖上铜绿，在万绿叠翠之间，更显得生机盎然！"

我笑着说："福多堂正是因为有青绿、宝绿、铜绿的色彩，才会有如此美丽的春色。"我对老先生有了进一步的了解，他对自然，对色彩，有一种新的看法……

福多堂的绿色招引着许多游客到这里住下，享受着绿色的拥抱。此刻，我的心也随着绿而摇荡，那醉人的绿色，仿佛像一张偌大的地毯平铺着，鲜润极了。啊，醉人的绿色！

我没赶上福多堂荔枝园的金果季节，春天的果林，竟是一个精工巧匠雕刻的翡翠世界。果树高高矮矮、粗粗壮壮、参参差差，错错落落，给人旋律感。村长告诉我，经过多年的摸索和试验，他们掌握了荔枝树的脾性，他们除了嫁接新的品种外，还精心护理老树，使荔枝味道鲜美，颗粒肥大，色彩也很诱人。我看见荔枝树萌一身嫩绿，芽儿如清晨的露珠。看到这番情景，我想今年一定是荔枝的大年。村长说：现在荔枝早熟，大约在五六月就可以上市，不愁销路。因为这时的杨梅、李子都已经渐渐过去，黄皮果、山梨又多俗而寡味，龙眼则未到季节，荔枝成了一种当行出色的水果。加上政府每年都举办荔枝节，四面八方来的客商很多，都在果园里现场收购了。末了，他说，如今政府什么事都想得很周到，为群众办了很多好事、实事。

我们在荔枝园里走了一阵，便坐在那用马赛克镶成的洁白的凳子上休息，绿荫如盖，清风徐来，心旷神怡。村民们知道我来了，都纷纷围上来和我们聊开了，都说这些年荔枝产量一年比一年增多，收入一年比一年增加，生活真是芝麻开花节节高。前些日子，县里在这里开了现场会，要建设社会主义新农村，要拿福多堂做样板，全村的人心都热起来了。村民们七嘴八舌，滔滔不绝，随行的记者摄下了这生动的场景。末了，我对大家说，要建设社会主义新农村首先要发展生产，先富起来，同时要做到乡风文明、村容整洁、管理民主，要把福多堂建成现代化色彩浓烈的幸福家园！村民们用一阵热烈的掌声表示赞同……

从每条小径走进荔枝林里，阳光仅在树叶的空隙中投射过条条光束和丝丝光彩，每棵荔枝树都蓬蓬勃勃地向上生长，无处不使你感到，生命！生机！生长！我三次到这里，每次都有新的感受，新的升华。万绿丛中，我看到了她旺盛的生命力。啊！福多堂给人一种温暖亲切的感觉，不像小村寨了。洁白的小楼房，入夜倚窗，看山间明月，塘边垂钓，林间对歌，有不可描摹的情趣和快乐。在城里也不常见。这一切都可以看出村里富庶的程度。如今，富裕起来的农民，不仅追求美满幸福的物质生活，更要追求高雅的精神生活。建设新农村是顺民心、得民意，于民利的大事、好事，是亿万农民千年梦万年盼的美好理想。

人说，绿色是生命之色，生机之色，绿色应该歌唱，她是春的使者，心的希望，梦的向往。置身于福多堂的绿色之中，仿佛心灵的天空都被绿色所充实。我因此执着地爱着绿色，因此也会为大自然的绿色而赞歌，为实现绿色的希望而奋斗！激情中，我写下了绿色的诗句——

绿色的福多堂

一丝丝阳光，
洒落在南国大地上，
荔枝林淹没村庄，
绿色环抱新楼房，
昔日这里一片荒凉，
如今变成绿色海洋。
这是什么地方？

啊！绿色的福多堂！

一束束光芒，
照耀在八桂大地上，
山泉水尽情流淌，
欢歌在天空荡漾，
鸡鸭成群猪羊肥壮，
五谷丰收喜气洋洋。
这是什么地方？
啊，绿色福多堂！

在希望的田野上，
携手并肩奔小康，
我们用真诚的情怀，
拥抱火红的太阳！

一阵微风拂来，荔枝林里闪动着无数光芒，轻轻地摇曳着树林，我们置身于美景之中，荔枝林向外延伸着一种精神上的喜悦，我的歌声缠绕在绿色树林里，从林间荡出日丽的天空……

春之郁金香随笔

每逢阳春三月，龙城柳州游人如织，络绎不绝，热闹非凡。今年，大龙潭公园更是盛况空前，原来偌大的园区，也仿佛一下子变得狭小起来，因为一年一度的“风情柳州”旅游文化周在这里举办，今年的主题是“春之郁金香”，吸引了一批观花者。

我不敢说凡是热爱生活的人都爱好鲜花，可是爱好鲜花的人确实很多。郁金香花展正式开展那天，成千上万的游人拥进龙潭公园，哪一个不站在一朵朵绚丽的郁金香前着实欣赏一阵，赞叹一番，拍照不停。

这次郁金香花展，经过主办单位认真策划，精心设计，全力打造，很有特点，融风情、风光、风采、饮食、娱乐、书法为一体，所展出三十万盆郁金香全部是漂洋过海从荷兰引进的，是广西历年来规模最大的主题花展，为广大游客献上一场丰盛的旅游大餐，为春天里的人们提供了一个赏春怡情、休闲娱乐的绝好去处。同时向人们宣传环保，倡导节约、时尚、优雅的美好生活！

我是一个俗人，对花只会看，不会赏，更不会养花、种花，也分不清哪是名贵的花，有一年春节朋友送我一盆郁金香，说是一盆养成好的郁金香，可以卖到很高的价钱呢！当时我十分感谢朋友的盛情，向他承诺一定要把这花养好。开始还是很好的，花朵鲜艳，雅气诱人。不久，我便出差，嘱家人精心护理，好生培养，可是我半月后回来，它竟然枯萎了。朋友埋怨说，没有置于阳台外，她缺少风霜雨露，自然会枯萎。我想，这么娇嫩、脆弱的生命，经受不了一点冷遇和磨难，死了也活该，我可没有闲情逸致，去呵护它啊！以至今天，我家的阳台上没有一盆花。似乎有点俗气！

这回之所以专程去看郁金香花展，也是朋友们鼓动的，说是如此众多的郁金香和那么多种珍稀花卉品种展出实属罕见，可尽饱眼福，在这样一个高雅而美丽的环境里，一定能触景生情，灵感大发，写出一篇好文章来。我终于经不住美的诱惑，情的鼓动，和朋友们一起赏花来了。

我们这些不速之客，惊动了公园的领导，一位年轻秀丽的负责人闻声而来，专门为我们做花展的导游。她约莫三十来岁，苗条身材，穿一身职业女性的套裙，说话时总是满面笑容，讲着一口流利的普通话，看上去像是个北方人，对园艺工作非常熟悉，介绍各种花卉，如数家珍。她说，柳州是座古城，风情万种，为了打造“风情柳州”城市旅游文化品牌，我们举办了这次“春之郁金香”旅游文化周，以三十万盆二十多个珍稀品种进口荷兰郁金香为主，配以百合、风信子、非洲菊、鸢尾以及春季时令花卉，如杜鹃、金盏菊、绣球花、紫罗兰等五十多个品种，全园花卉量达六十多万盆，造型风格以荷兰及中国经典民俗和微缩景观为主，分为“春的激情”“荷兰印象”“春花烂漫”等三大主题景观，很受游客的青睐……

入公园大门，一条两边由鲜花装扮的大路，像条彩带镶嵌在绿海之中，我们沿路而行，出现在眸子里的尽是不同层次的绿色、红色、黄色、白色……色彩斑斓，鲜艳夺目。公园的领导陪我们在郁金香花展园里流连许久，整个公园花团锦簇，成了一片花的世界，透过密密层层的绿荫，各种鲜花争奇斗艳，美不胜收。几位摄影发烧友不停地拍照，从不同的角度拍下郁金香最美的色彩，最动人的花姿，最绚丽的景观。我们一起走着，也谈了很多花的话题。我说，我印象最深、最好的是菊花，特别是金盏菊，她不那样粗重硕壮，生得像蒲公英，开着橘色的花，一丛丛地开放着，在阳光下花片上闪着金光，意气飞扬，色泽耀人。菊花的气味直冲入鼻子，有一股新鲜、清甜的香味。更可贵的是，菊花老了，结了子，掉在地上，第二年又开出更多的花来，有时可形成一片花海，十分壮观，叫人可亲可爱。唐人黄巢如此赋菊“待到秋来九月八，我花开后百花杀。冲天香阵透长安，满城尽带黄金甲。”

当然，郁金香也很动人，色彩很鲜艳，黄、红、紫、白……好几种颜色，她高耸的枝头上开放着一朵好像经过人工雕刻成的花冠，似开非开，含苞欲放，像亭亭玉立的少女，又像银装素裹的少妇，华贵灿然，仿佛天地精气都在她头上，那花香随风吹来，格外诱人，醉人。可美中不足的是，郁金香的花期不长，随着季节，她便慢慢凋谢，花去枝空，叫人平添几分伤感和惆怅。荷兰郁金香能否在这里“安家落户”，还有待于植物学家很好栽培啊！

我回过头来，问年轻的公园负责人：“你很喜欢郁金香吗？”她莞尔一笑：“世上有很多种美丽的花朵……至于对某一种花的喜爱，却是由于各人心中的感触，有人从美而易落的樱花里，感到人生的短暂，因而倍加珍惜光阴；有人从郁金香体味到人的高雅珍贵，因而崇拜她的端庄雅致。看花人的心理活动，对花的品味和美的升华，构成了对于某些花卉的喜爱，我虽然喜爱玫瑰的浓香和桂花的幽香，但更喜欢静雅玉立的郁金香，她的花的形象实在动人！”

这番话，说得很有哲理，不愧是护花使者，花的专家。漫步至此，陡然觉得，大龙潭公园真像个大盆景，亦是柳州的缩影。望着满园笑靥迎人的繁花，望着衣着华丽多彩喧闹的人流，我深深感到，爱花观花，已成了人们美好的生活愿望和高尚的审美情趣。想到这里，一首小诗便在我的心头形成——

绿色龙城最盎然，万朵鲜花扮龙潭。
郁金香飘渗人心，八桂大地春满园。

啊！浩浩流波逝，年年花色新。春天是鲜花盛开的季节，今年的郁金香远隔重洋来到柳州，她的英姿，她的高洁，她的美丽将永远定格在人们的心里。让我们在春天里鼓荡着新的希望，唱着生命的赞歌，迎接绚丽多彩的明天！

绿城春色

朋友元旦要搬新居，住宅就在南湖边上花园小区，景色美极了。从窗口穿过绿树的树顶，放目远眺，湖水荡漾，绿树成荫，遍地绿草、鲜花……远处高楼林立，湖光楼色，一派春色。朋友要我送他一幅字，我想也没想，提笔为他写下："天街小雨润如酥，草色遥看近却无。最是一年春好处，绝胜烟柳满皇都！"

近年，南宁的变化举世瞩目，日新月异，仿佛幻灯片似的变幻着，几个月时间不知什么地方又耸立起一幢高楼大厦，那里又辟出一片绿地，附近又建起新的住宅小区，叫人眼花缭乱，目不暇接。常有外地朋友激动地对我说："南宁不得了，一年下来，变得不认识了。""南宁可是名符其实的文明绿城！"类似这样的赞扬声不绝。

北国正是千里冰封，万里雪飘的时节，南国就从枝头透露出几分春信了。满目葱绿，春色满园。处处是春的光艳，春的烂漫，春的生机。看见红艳的太阳，听到欢笑的风声，闻到泥土的芳香，感到春的萌动，你会充满激情，南国春色已浸入我的心头……。

那天，我在南湖公园漫步，喜悦仰首，看到了春的笑脸。人们有春的情调，大地有春的色彩，处处传递春的信息，满树长了新芽，润湿的土地滋养着一株株小草，抚育着嫩细的芽苗……在春天里，我的心底不会苍老，不会沉寂，不会孤独。脉搏随都市的旋律跳动。

永远为绿城的春添色加彩！

这个敞开式的南湖公园，一听到这名字，便联想到春光明媚的南国亚热带景色风貌，公园面积并不特别大，但是沿湖滨而建，错落有致，起伏有势，满园古树芳草，临面一片清清湖水，经园林工人的装修打扮，一条条幽径伸延、处处空阔明朗，连成一幅春图，透亮，素净，自然，典雅。我曾听过一段绿城春景的词句，现在全想不起来了，如今触景生情，也萌发几句诗意来：“南国春来早，嫩芽长树梢，剪裁来一角春光，绿城春意闹，春暖带来一阵阵欢笑，大地飞歌在蓝天缭绕，更添几许春潮，南国绿城分外妖娆。”我品出了绿城诱人的味道！

最叫我心醉如痴的景象，当是公园里起早晨练的人们，这是一道壮丽多彩的风景线。当东方朝霞升起，四周一切都是静谧的，这时从四面八方走进公园的人们会集在一起，伴随着音乐的节奏，有唱的，有跳的，有扭的，有打的，情不自禁，自由自在，自练自乐，好不惬意，多少人为这景观所感动，不由自主地加入这和谐宽松的氛围之中，在这里只有轻松和悠闲，紧张的空气，喧嚣的噪音荡涤无存。啊，绿城的春色，属于会生活、工作的人们！

绿城的春不是短促的，她仿佛是一棵常青树，总是翠葱葱，绿茵茵的。在这里时常可以看到绿色，这生命最基本的色素；可以看到鲜红，这滚烫的血液的火焰。因为有了这些色彩，也就有了旋律，有了诗歌，有了舞蹈，有了美术！春天赋予绿城色彩，赋予绿城希望，赋予绿城未来！

啊！我爱绿城的春色，我拥抱绿城的未来！

夏日的绿色

夏日的绿色谁都见过，可我看到的绿色却别有一番味道。那天，我们顶着烈日，驱车到一片僻静的山地去参观一个小型家庭农场，留下了深刻的印象。这里的树木绿得深沉，绿得神奇，绿得带劲！

窄窄的山路由土铺石垫而成，仅够一辆车通过。路基是好的，但没有修完，凸石凹坑不少，吉普车颠簸如跳舞。

汽车慢慢停在一小块空地上。我们下车举目望去，一片浩瀚的林海随着山势起伏一直伸展到云雾弥漫的远山。眼前，是一片杉木、杂木、果树组成的林子，林木向着山下的方向倾斜着枝干，就像是匍匐一片的崇拜者，又像一群弯腰劳作的山里人，然而却有一种特殊的美、神秘的美。

这里没有村落、庄稼，被几座山环抱着，让人感觉到进入一个僻静的境地，若非身临其境，如何领会世间竟有如此佳境？你看，山岭上满目青翠，绿涛铺排于大山之中，青枝探看于山谷之下。鸟鸣嘤嘤，不绝于耳。画眉、山鸡、黄鹂等穿飞林里，但不管它们飞高飞低，都脱离不了这绿色的诱惑。群鸟为这无边无际涌动的绿潮飞鸣着，繁衍着，生存着！

大自然是多情的，它推出一幕幕动人的景色，荡涤着来自喧闹城市人们心中的惆怅和浮躁。这里没有立体声，没有摇滚乐，每天听到的是狗叫、鸡鸣、鸭欢的多声部交响乐。这里空气清新洁净，草木鲜嫩明丽，使你切实体验到人与自然的和谐一致，体会到人与大山息息相关的亲切情味，体味到生活富有的诗情画意。

农场的主人是一对来自都市的年轻夫妇。他们看到我们的车子，便在老远的山腰上呼唤我们："你们到啦！有失远迎，对不起啦！"山里回荡着他们响亮的话音。循声望去，山腰上飘着两个身影。随行的朋友告诉我，他们在城里有自己的住房，自己的亲人，自己的朋友，生意不错，生活也幸福，但还是决计到山里来。

我们正说着，一个面庞黑红、身体结实的年轻人向我们走来，他满脸笑容，远远就伸出手来："欢迎你们到农场来做客！"看上去不过三十来岁，一米七几的个头，身穿灰色衬衫、蓝色西裤，脚上一双泥色塑料凉鞋，乌黑的头发没有修理，这是典型农场工人的打扮。和我交谈，说得一口流利的普通话。我想，这准是个北方的小伙子。一路上，他毫无陌生感，带几分骄傲的语气，不断地给我讲述农场创业的经历，夹杂点幽默动听的趣闻，引得大家都乐起来。他是一个非常健谈的人。

男主人把我们领到绿树掩映的一个小木亭中。亭子里收拾得干干净净，亭边丛生成林，开着黄花，结着橘红色的野果。我站在亭边，望水、看云、观山，大自然涌动着碧绿的波涛，带着湿漉漉的风柔情地轻吻着我们。在这里，得一树荫、一花影、一缕风，烟霞清澈尽入胸襟，有一种说不出的爽快、惬意。

等了很长时间，女主人才从远处的小屋里走过来。她手上提着茶壶、米花、茶叶、碗，却没有筷子，说要给我们打侗家的油茶喝。她看上去比丈夫年轻得多，中等个子，身材微胖，但很结实，穿一身质朴的衣裤，脸黑里透红，眉清目秀，眼里闪着亮光，面带笑容。尽管长时间在山里劳作，远离都市，但举手投足仍保持着城里姑娘那种典雅、温情、知书达礼的内在气质。

我们喝着浓浓的香茶，聊起天来。话题还是他们的家庭农场。主人告诉我们，三年前，他们夫妻俩用多年做生意储蓄下来的钱，在这里租了近千亩荒坡山地，开始创建农场。当时水、电、路都没有通，几经周折，才办妥一切。他们雇请了两户人家一起在山上安营扎寨。开挖沟水，修建山塘、水渠，种树、种果、养鸡、养鸭、养虾、养鱼。可是由于没有经验，头一年光鱼、虾两项就亏了几万块钱，小两口为此伤心了好长一阵子。

“现在我们最需要的是科学种养方面的资料。几年的经验告诉我们，一定要发展科技含量高的品种才行！”男主人认真地告诉我们。我当即答应为他找些科学种养的书籍和资料，他高兴得连声道谢！

男主人并非北方人，是地道的南方人。他看出我的心思，说：“不必吃惊，我从小在北方部队长大，所以普通话说得好一些，但我骨子里还是本乡本土的！”说得大家都笑起来。后来经打听，男主人是前几年从海军北海舰队转业回来的，任过舰长。

“你们在这偏僻的山里，远离闹市，远离现代都市生活，一定有很多苦衷吧？”我好奇地问道。男主人说：“是啊！我们心中常常吞进一个个又酸又涩的果子，但既然已经开始做自己想做的事，我们下定了决心，再大的困难，再大的波折，也要坚持做下去，一直干到成功。”我听了很受感动。心想，人生之所以需要奋斗和进取，是因为它有着坎坷不平的旅途，在不平的旅途中，尽管遇到各种遭遇、各种风险、各种艰辛，但不必归结于命运。有位哲人说过：“不要碰到沙漠，就怀疑生命的绿洲，生活不会一帆风顺。”

中午，主人请我们到他们的小屋里吃饭。热情好客的主人，殷勤地款待我们。屋里的小餐厅打理得干干净净，摆放着用花格棉布铺盖好的圆形饭桌，桌上摆满了各种新鲜味美的菜肴，白切鸡、竹笋、河虾、清蒸鱼、酸辣椒、南瓜、野菜……女主人说，这些都是自产自销的东西，山里只有这些，家常便饭，不成敬意。男主人为我们斟满香醇可口的红酒，彼此举杯，呷了几口。他伸手为我夹了好多菜，大家难得吃上这山野菜肴，大口大口地吃着，好客的主人满意地看着客人吃肉喝酒，眼里闪着亮光。

我们在这里只待了半天，便匆匆忙忙地要赶回城里，年轻夫妇再三叮嘱，希望我们抽空常来看他们，我们异口同声地回答："一定会再来的！"

告别这小小的家庭农场，心中产生无限的遐想，激起无尽的情怀。望着满山的绿色，我想，绿叶的一生很短暂，春天萌芽，夏日生长，秋风起后，飘飘而去。短暂的一生，却洋溢着无穷的活力和对生活的爱。它从不挑剔所处的环境的优劣，或置身于繁街闹市，或安定于深山僻野，都执着地生活，蓬勃地生长。谦逊而不卑贱，清高而不孤僻，淡妆自持，深根自养，大地的乳汁养育了它，它报以一腔忠诚。这不就是生命的最高境界、人生的最大幸福吗？

啊！绿色，我钟爱夏日的绿色！

别有洞天

这些年来，途经灵川不知其数，偶尔停下吃餐饭，便赶到桂林，极少在这里住宿。那天路过灵川，县里的领导请吃中午饭，席间，县委书记热情挽留，希望我们住上一宿，并亮出一张王牌：“最近，有位农民在深山老林开发了一个新的风景点，那是修身养性的好地方。桂林绝对没有！今天周末，希望诸位赏光！”如此盛情，却之不恭，何不去感受一下。大家异口同声：“走！去体味深山老林的农家生活！”

车子往青狮潭源头方向行驶，进入林区后，我的眼睛顿时惊喜地睁大了，看那满坡满岭的树，沿着山溪一片片竹林，葱葱茏茏，如烟似云，每一个山洼都是绿色的宝盒，每一道峡谷都流动着绿色的长龙，随便往那里看一眼，尽是酽酽的绿色，简直绿得流油，绿得叫人心动！

一条弯弯曲曲、崎岖坎坷的山地公路，沿着一条溪流向深山老林延伸，车子像小甲虫在缓缓地爬行。前方还有多远的路，路况如何，心里没有一点底，只有决心跟着前边开道的车子走。我出神地观赏着这绿色的海洋，猛地，万绿丛中传来一阵咯咯的笑声，好像山间溪水那般清脆，欢畅。我迷惘地四处寻觅，啊！原来在淌淌流动的小溪上，有几位打扮时尚的女孩在戏水。当地的朋友说，附近有个旅游度假村，她们是来度周末的游客。近年，沿溪流建起了好几处旅游度假村，时时爆满。如今，城里人向往农村古朴的生活，是一种时尚，一种需求，一种进步。这话有理。人类物质需求满足之后，一定要追求高雅、高尚的精神文化生活。人啊！变得聪明起来了！

我们足足在山路上颠簸了两个小时，七弯八拐终于到达目的地——龙门风景区度假村。这里地处灵川、龙胜交界处，一道深深的山谷，一条清澈的溪水从山谷中流过，两边的山长满苍翠的树木和竹子，依山傍水建起三四栋木楼，古色古香。主人把我们安顿在一幢新建的宽敞、明亮、幽静的木屋住下。几位年轻的朋友，放下行李，便迫不及待地到山泉中沐浴，笑声在山谷里回荡，欢快的声音像飞鸟一般直冲云天。

一路颠簸，我很疲倦了，无意去和年轻人一起热闹，稍事休息，便找来这里的主人——一位当地姓阳的农民，他领着我们往山沟深处走去。沿着小溪的道路经一番修整，尽管崎岖不平，但很好走。一路上，阳老板给我讲述他建此景区的经历、构想以及远景规划。

他是个地道的当地农民，先靠种养起家，后办实业发展，现在本地和外地办了好几家中小企业，每年的收入可观。富裕起来之后，他想搞些文化产业，但一时无从着手。一次，他和几个朋友进山游玩，走呀走呀，来到龙门瀑布。他们跋山涉水，走完整个瀑布的几个梯级，最大的一个气势磅礴，十分壮观，几位朋友兴奋极了，再看龙门瀑布四周风景更是迷人，稍知地理知识的朋友惊叫，这是块风水宝地！于是他顿生开发旅游景点和建度假村的念头。回到家里，几个朋友一合计，都觉得很有搞头。之后，他们又先后到这里走了四五趟，请高明的规划设计师到现场勘测、规划、设计。年前开工，一期工程投入了四五百万，便基本可以开业了。现在游客陆续进山来了，并逐步增多，特别每逢周末，来度假的人还真不少。这无疑是一种社会文明的进步，反映了人们心灵的变化，反映了时代的变迁，其意义是深刻的。

老阳把我们引到离瀑布最近的一块空地上，他打算在这里搞二期工程，建几幢小别墅和一幢综合楼，可供几十人的会议使用。让度假村具有休闲、养身、娱乐、会议、度假多种功能，到时候，国内外一些学术研讨会可以在这里召开，把它办成别具一格、高雅文明、优美舒适，又充满人文氛围的原生态风景度假区。阳老板是农村新生代农民，四十出头，很有文化修养，讲起话来头头是道，但待人很真诚，很质朴。交谈中，我发现他富于想象，善于思考。他的话语充满了豪情，也充满着自信。这感染了我们所有在场的人，也使他所规划的度假村在我们心目中升华到一个美妙的境地。我赞赏他的规划和构想，鼓励他，世界上没有斩不断的荆棘，没有爬不过的山岳，只要大胆地奋斗，持续地拼搏，成功就是你的了！他紧紧地握住我的手，什么话也没说，晒成古铜色般的脸上，绽开憨厚的笑容。

夕阳被绿的山，绿蒙蒙的雾冲淡了，一轮皎月升起，我们徜徉在这初秋的夜幕中，身心被这深沉、宁静的夜色所感染和净化。晚风吹起来了，送来温馨的夜气，沉淀着一片幽静。诱人的月色，美妙的幽境！此刻，随着每一口清凉的气息的吸吮，我觉得，我的灵魂仿佛已超脱出躯壳，与这月下的景物亲切地韵合着，并且融为一体了。平素所有的闲愁俗念，所有的凡庸琐细，都被一一荡漾净尽了。生活是多么美好啊！人生是多么幸福啊！

临别时，老阳要我为龙门瀑布写首诗，并书成条幅留作纪念。激情之下，便吟出一首不成诗的句子来：

万绿丛中立顶峰，
一条溪流似玉龙。
瀑布飞泻三千尺，
天生一个神仙宫。

是啊！这里虽没有庐山的名胜，没有九寨沟的神奇，没有桂林山水的秀丽，然而，这位农民却给了我们一种新的启示，在他们的心中别有洞天，千千万万的桂林人要用自己的双手和才智，创造一个和谐的人间仙境，既做桂林人，又要当神仙！

一路踏歌伴你行

当你游了漓江的奇山秀水，大自然无尽的清丽会像一幅幅精美的画片储存在漫漫的记忆里。在匆忙的人生旅途中，当你有暇翻阅这一幅幅画片时，你会惊觉，我们生活在多美的土地上，生命多么有意义！

漓江我不知游了多少次，但每游一次都有新的感悟与收获。那天，我们先乘游船在江中行驶，凭栏远眺，两岸的山光水色尽收眼底，令人心旷神怡，流连忘返。一轮红日披着彩霞在青山间升起，远处的一座座山峰，一片片绿林，被照耀得分外妖娆。导游说，遥远的群山才是最佳的旅游胜地，有待我们去开发。到那时，展现在你眼前的将会是另一幅甲天下的漓江美景。听了这话，我油然感到，人生之美好，莫不就是永不歇息地追求这绝妙的佳境么？

我们离船上岸。眼前，一片片绿色的田野，一朵朵开放的鲜花，一条条纯净的溪流，恰像一条五彩缤纷的缎带维系着秀美的漓江，漓江显得更有青春与活力。其实漓江是古老的，但眼前，是一个缤纷的世界。我们忘情地采着各种各样的花，采着胸中奔涌的感情，每朵花都牵动着流动的阳光，牵动着我们的挚爱与热诚。

啊，一束鲜花，一抹微红，多么美好朴素的人生！生活在这繁花似锦的世界，倘若人们都自觉地培养和珍惜人类清泉般的感情，生活会永远像漓江一样纯洁、明快，永远是盛开的鲜花。

我们重新回到甲板上，畅游在江中，船儿犁开水面，溅起一朵朵浪花。漓江有我们的荣誉，有我们的骄傲，她使沉静的群山喧闹起来，她使穷乡僻壤富裕起来，她把偏僻的山村推向世界……风儿轻轻抚摸着我们的心，山山水水抚摸着我们的心，我们的身影在江中倒映，我们的感情一起在阳光下走动。我们要再塑漓江的秀美，努力创造美好的生活，珍惜绚丽的人生。漓江，看不完的美景，流不断的秀水，人生有唱不尽的歌……

阳光下，江面闪动着粼粼的波光，偶尔有小鱼在欢快地打漂，溅起一圈圈美丽的涟漪，水面上不时有鸟儿擦水而飞，发出欢快的啼鸣。青翠的凤尾竹倒映水中，几只小竹筏停泊在岸边，竹竿上正晒着渔网。水极清极亮极纯，远处青山如黛，青山绿水相互辉映，构成一幅精美的山水画，从画中我们看见了一片晶莹，一片透明，一片湛蓝，我们的心似乎也更加晶莹、透明、湛蓝起来，用整个身心在阳光与水光水色中沐浴！

漓江啊，真美！难怪古今多少文人墨客为之倾倒，写下了许多感人肺腑，流芳千古的诗篇。我虽不善作诗，置身于这般绝妙佳境，我的激情、我的灵感、我的诗兴被唤起。于是提笔写下小诗一首——

你来自那崇山峻岭，
雄浑中透着诗画美境，
竹林在清流中摇曳，
桂树在春天里萌发新鲜的生命，
千山中，万水间，处处繁花似锦，
啊，漓江，你美丽，你迷人！

你滋润着田野山林，

喧闹中留着幽美宁静，

稻田在秋阳下金黄，

果林在碧水中映出绿色的丰润，

山有情，水有情，花果飘香醉人心，

啊，漓江，你纯洁，你动人！

你荡漾着微波粼粼，

古老中洋溢妩媚青春，

秀水泛起无限的温柔与深情，

水山欢，鸟儿鸣，一路踏歌伴你行！

啊，漓江，你真诚，你诗情倾倒天下人！

我带着漓江深沉的热情而来，带着漓江蕴藏的柔情而游，带着对漓江的爱慕唱出了心中的歌。栖息漓江之滨，细饮漓江之水，饱尝漓江之景，心底泛起一股温馨与幸福、骄傲与自豪！

龙 怀

烟花三月，山青柳绿，那天一阵淅沥的春雨刚停，我们便在荔浦一个朋友的陪同下赴龙怀一游。车到丰鱼岩景区，抬头便是黛青色的突石，雄峻的峰峦。我们从山脚下仰望。层层踏垛像级级天梯，陡峭秀拔于烟云缭绕之中，给人一种幽静、清雅、令人神往的感觉。

我们的车子爬上一条新辟的山道，越过一个山坳，一块开阔的山腰盆地便展现在眼前。四顾山峦，山峰对峙，茂密的树林，修竹像黑黝黝的茸毛，连成一片沉静，阴凉，悦目的浓绿，山形各异，远眺有如巨龙起舞，有如雄狮卧视，有如山龟坐地，栩栩如生。荔浦的朋友说山因势得名，地因山得名，“龙怀”因此得名。

龙怀，是一处名不见经传的新开辟的自然风光和人文景观融为一体的旅游风景区，我们是慕名而来。第一次到龙怀，我感到惊奇的是这偏僻山地，景色竟如此之秀美，空气好像经过过滤似的，是那样清新、透明、柔软、湿润。无处不盖满各色各样的花草，有白色的、灰色的、乳黄色的……千姿百态，争奇斗艳。平地中间一片小石林，危岩林立，蔚为奇观，有的像莲花，有的像寿星，有的像鼓，有的像钟，有的像馒头……尤为令人称奇的是，石林中有阴阳幽深的清泉，也许是雨后，艳阳透过山岩的雾气投射到泉水里，泉水变得五彩缤纷，格外赏心悦目，心旷神怡。

我们到龙怀那天，正值首届世界华商投资论坛将要在这举行。为迎接世界华商到来，风景区正忙于施工，修建会堂、宾馆、博物馆。荔浦的朋友说，为何世界华商看中龙怀这片小山地，除了这里环境幽静秀美，奇石罕见之外，最令华商赞赏的是四周连绵起伏，气势雄伟的山体如龟踞龙盘，似群龙怀抱，是块风水宝地。华夏儿女都是龙的传人，特别尊崇龙的形象，龙的形态，有龙的地方便会凝聚华夏子孙，为此景区开辟了“龙首”“龙爪”“龙足”“龙冕”和观音奇峰等景观。一期工程修建了“中华龙王殿”“中华添寿亭”“古生物化石博物馆”“古人类石器博物馆”“大中华楹联博物馆”“大中华牌匾博物馆”“大中华明清木雕博物馆”等十多处建筑，构建一个聚大中华龙文化神奇美丽传说精华为重点，巧借秀丽山水和奇特山体的中华龙文化旅游景区。我们相信由于龙文化悠远的影响和独特的魅力，龙怀将会逐渐成为一处不可多得的聚集中华龙文化精华的旅游胜地。

我们慢慢地走着，走着。这里没有鼎沸的人声，也没有红、黄、绿灯的明灭。我们登上中华龙王殿，一条曲身盘踞的青铜雕成的巨龙置于龙台上。阳光下，闪闪烁烁。这条青龙是世界著名美术大师韩美林先生之大作。龙身长二点九五米，高三点一六米，重达三点二吨，由世界华商基金会会长程万琦先生赠送龙怀景区。据说，该龙从香港乘海轮抵达防城港上岸，一路上有许多传奇的经历。尽管人们做了不少牵强附会的解说，但从中可以看得出人们对龙和龙文化的追崇和膜拜。历史上许多传说与神话故事，不就是这样流于民间的么，不足为奇。

巨龙面对的是两座青山相对之间的渠道广阔的空间。这里宜于鸟瞰和远眺龙怀的全景。举目远眺，历历在目的山峰、树林、巨石、云天，令人心旷神怡。俯视下去，但见田园、屋宇、竹篱、道路、花草、奇石，一派山野风光。如果把展开在眼前的这片绚丽多彩，幽静清明的风景比作一朵山花，那花心就是龙台了。这里所有景观无论是天然的，还是人工造作的，都很是和谐，宛如一幅水墨大理石画，浑然无间，使人觉得自己也渐渐融入进景色中了。

我们随着向导，走过几条石头铺成的小道，便进到了几幢新建的博物馆，建筑物的外观十分平常，但内部阵列展览的物品、文物却叫人叹为观止，有中国历代牌匾、古人类石器、古生物化石以及各类根艺作品，数量之多及其文物价值之高据专家考证、评估都达到省级乃至国家级标准。据了解，这些东西竟是几个民营企业家为增加龙怀龙文化的氛围主动投资，从各地收藏家那里购置捐献出来的。那天，我和一位民营企业家讲此事，他很平静地告诉我："别无他求，只想让龙的精神得到弘扬，让龙文化的旅游胜地名传四海。作为龙的传人，只是做了点力所能及的事罢了。"看得出，这个普通的龙怀人，是怀着何等虔诚的心情说这番话的。

晚春天气，春浓如酒，这如醇醪一般的春色美景感染和触动了我绵绵的情思。于是，我不禁随即吟诵起一首诗来，尽管没有那么优美动听，却也表达一番龙怀之情——

吉祥彩云飘在山顶，
绿色波浪荡漾歌声。
碧峰巍峨茂密山林，
千古圣洁雄伟奇观。
山以仙为名，
石为山这神，
啊，华夏大地举起龙怀魂。

和煦春风吹拂园林，
鲜花盛开散发芳馨。
碧水流淌山泉醉人，
大地锦绣田野明静。
地以水为秀，
水有龙才灵，
啊，炎黄子孙情牵龙怀魂。

北海短笛

春　雨

走在春日的海岸，耳畔响着习习的海风声。细细的春雨轻轻地拂洒，一株株细嫩的幼苗刚从柔软的黑泥中探出绿绿的新芽，在春雨的滋养下，迸发出来的生命能量是何等强大而温柔，铺满每一处柔软的土地。

你静下心来，让这盎然的春意滋长心头，让这春的气息潺潺流过，心田深处便会丰盈，心灵的土地上就会繁荣喧闹起来，充满着绚丽多彩的光环。

春天是大地孕育的季节，当你听到春光里稚嫩的生命发出声音时，别忘了是春雨的滋润，春雨的哺育，才会有各种生命旺盛的萌发和成长。

黄　昏

当你走进大海的黄昏，就会体味到一股静谧、清新的气息，使你浮想联翩。

大海的黄昏是一天之中最辉煌、最美丽的时刻，给人以悠悠的诗意。你看，那即将落入海面的夕阳放射出一片光芒，染红了天边，染红了海洋，染红了大地，闪烁出生命在世界上拼搏的伟大绚丽的光芒。

黄昏时分，当你静静地坐在海滩上，面对着茫茫大海，深深地呼吸着海的气息，冷静地把自己的心事掏出来梳理、洗涤时，你会发现一切是那么渺小、那么轻微、那么坦然，这时，美妙的大自然就会把一个纯真无邪、无忧无虑的你还给你自己。

微　笑

微笑，微笑，再微笑。

在北海的海滩、街道、商场、工厂……你会遇到无数微笑着的脸庞。

我记忆中的北海人很瘦也很黑，时常板着俨然不可与之交流的面孔。这是一种海边人的个性，还是由于心头的不快？不得而知。每当这时，那冰冷的眼色如同潮水般袭来，扑打着我情感的堤岸。

如今，北海人脸上总是泛着笑容。微笑被誉为“解语之花，忘忧之草”。微笑，是心理健康的表现，是成熟人格的象征，是社会文明进步的标志。北海人的微笑里，更多地蕴含着愉快、安详和融洽。这是北海人精神的升华。

在北海的大街小巷、地摊商场，随处都可以看到一串串亮晶晶的珍珠。它，构成一道楚楚动人的风景线。

为何女人要佩戴珍珠？是为了增添风韵？是为了多些灵气？是

为了显示华丽富贵？谁能说得清楚！

其实，如今珍珠不足为贵，不足为珍，也不足为奇。我细细琢磨，珍珠之珍贵在于她纯洁无瑕，在于她光亮无华。就像花的美丽在于多姿多彩；人的美丽在于清纯自然，在于一种朴实真诚，在于一种健康向上、高风雅量的精神和品德。

每个佩戴珍珠的人都应当这样体味它的意义，并与之相匹配，与之相和谐，这才不失珍珠之珍贵！

绿色白云山

人们喜爱青山，因为那里生长着万木峥嵘的大家族；人们喜爱绿树，因为那是大自然的华衣。一个春来时节，我因公出差到梧州，第一次登上白云山，就被她那酽酽的绿色所感奋、陶醉。

那天春光明媚，我们拾级登上风筝台，一幅色彩绚烂的图画展现眼底。看，满坡满岭的树哟，葱葱茏茏，如烟似云，每一个山头都是绿色的宝石，每一道峡谷都滚动着绿色的长龙，那浓绿如黛的松树和青翠欲滴的刺桐树林交织在一起，深浅相间，春风吹过，像潮水一样起伏。坐落在树丛中的亭台楼阁，露出琉璃瓦顶，像一座座金色的宝库，格外壮观。倘若我是一位画家，此刻一定会画兴勃发。

我们的向导是梧州市城建局一位年轻的工程师，他给大家介绍了白云山风景区开发建设的情况。

白云山位于市区东北部，遥连五岭，气势雄伟，每当雨后初晴，山上烟消雾散，便可以看到“云岭晴岚”的奇景。这是梧州八景之一。为了适应对外开放发展旅游事业的需要，1980年，市人民政府决定开发利用白云山风景区。现在已初具游览条件，每逢节假日都有许多中外游人到这里游玩。工程师还告诉我们，白云山风景区的特色之一，就是绿树成林，气势雄伟壮观。整个风景区有林面积约四万三千亩，有松树、樟树、桉树、紫金树、刺桐树、桂花树、山苍树等一百三十多个树种。但是，从观赏的角度来说，还不够理想。目前园林规划部门正对白云山植被进行人工改造，逐步改种一些以观赏为主的花冠树种，做到四季常青、四季花香。末了，工程师自信地笑了笑说："过几年你们再来，白云山将变成一个色彩鲜艳的天然大花园！"

我们沿着弯弯曲曲的山径朝前走，山势起伏，渐渐地坡度大了，树木更密了，感到空气格外清新。那石道隐伏在树木中间。向前望去，总使人感到无限深远，其实不知不觉中，我们正迂回着向高处行进。

攀上松云楼，俯瞰远眺，山河胜景，尽收眼底。那一棵棵古松，老干挺拔，枝叶中分，神似两翼，远远望去，极像翩然飞舞的山鹰。倏然间一阵春风，吹在松林间，响起沙沙之声，清脆悦耳。同行的市委老廖同志笑着对我说："据史书记载，这里有'松涛虎啸'之景。"

我有些不解，忙问道："'松涛'可以说得过去，可哪来的'虎啸'呢？"

老廖笑着向山谷间一指，说："你看，那石头不就像一只张口吼叫的老虎吗？这叫'伏虎岩'！"

经他这一指点，我才恍然大悟。老廖同志接着说："其实古人的所谓八景，并不像书中描写的那般绚丽多彩。我们决心三五年内把白云山建成一个新兴的游览胜地，让八景变为现实！"

是啊！在春风拂面、万物生机勃勃的新时期，梧州人民一定会用智慧和勤劳的双手，把这颗镶嵌在桂江河畔的绿色宝石，装扮得更加美丽动人，白云山将成为风光旖旎的佳境，吸引着不绝的游人……

青山漫步

青山的黄昏是别有一番情韵的。

初夏，随着太阳西斜，南国特有的灼热的气浪慢慢地凉爽起来，有一股清新的山风迎面拂来。晚霞里的青山宛如一位多情的少女，半蹲半坐沐浴在霞光里，田园开遍的鲜花和青青的芳草地恰似一条缀满珍珠的裙幅，从她的腰际低垂下来又撒铺开去，这绚丽多彩的裙幅，将黄昏中的青山映照得一派斑斓夺目。

我连续几天的傍晚，沿着新开的青秀公园柏油路漫步。路的两边移栽了许多大树，骤然成荫，地软路平，了无障碍。我迈着悠闲安适的步子走着！一路观赏着黄昏中的湖光山色。一批又一批黄昏行走的人群，超越而过，他们甩着臂膀，奋力疾步。当人们折回时，我依然在小石路往上漫步，而后坐在一块巨石上，欣赏那一轮即将西沉的夕阳，晚霞染红了青山整个山体，令人陶醉！

群山耸立，山谷间轻轻拂来晚风，满目的绿树发出沙沙的声音，小鸟结队掠过晴空，这些景致对于长大在山里的我而言，从小就饱赏了，可是在这繁华的都市，竟有如此佳境，更令人着迷！近年来，南宁市投入大量的人力、物力、财力，对全市的自然环境进行整治、绿化、美化，如今已大见成效了！三年前我曾在此地散步，那是一片荒野，山上有莽苍葳蕤的野草，比人高，道路坎坷曲折，走一段山路要花几十分钟。而如今，面目全非，绿树成荫，草地平展，湖水荡漾，波光粼粼。你看那夕阳的余晖从树叶的稀薄处透出金色的光芒，透着黄昏的美丽……

我步进一个充满诗意般的境界，朦胧微明，一切静静的，优美的轻适黏黏地、浓浓地灌满心头。山、湖、树、草、花，都是大自然的宝物，它们各展风姿，其中有年轻的、年老的、元气旺盛的及柔弱的，但都为着一个共同的目的——装扮南宁这座绿色的殿堂。从此开始，一切都是自然生命，是生存之姿，是美丽的存在。正因为这样，我们必须热爱这一草一木、青山绿水，每个人对大自然都要有一颗热爱与崇敬之心！

我在一块空旷开朗的地方，迈着方步，慢慢地行走，深深地呼吸着青山清新、芬芳的空气，把整个身心都融入这绿色的海洋。黄昏是一首诗，一支歌，一幅画。我静静地聆听风吹叶动的复杂声音，倾听小溪流声，让山风尽情地吻着脸庞，抚摸着稀疏的鬓发，让青草舔着足底足面，聆听到大地心脏的跳动声。此时即使我闭上眼睛也可以看得见这绚丽的色彩，因为我也参与到这浑然一体的大自然生命之中。其实，每个人都不会拒绝自然所提供的美丽与乐趣，都会尽情爱恋着纯动物性的生活！不管任何时代，人们都醉心于自然宁静的生活，专心倾听大地之歌，观察天空云彩的飘浮，怀着无尽的憧憬。这是热爱自然的心声！

在返回家的路上，我遇见了多年不见的同事，他也退休了，见面时很高兴，他的语调，依旧温和得如同最亲密的朋友。他乐呵呵地说："退休了，无官一身轻。回归自然、本然、泰然，快快乐乐地过好每一天吧！"看到他开朗的精神状态，让人顷刻找到了很久以前丢失的东西！我们并肩漫步，一路谈及退休后的生活和老有所学的计划。话很投机，很开心，这种微妙的感觉并非语言所能说出来的！

风之清爽，晚之默对，如果是个易感的诗人，一定写出一首佳作。此时，我们已融化在这晚霞的憧憬的景物之中。那拾不起的、剪不断的、丢不下的，都荡涤无存。啊，令人眷恋的黄昏，又增添了一层诗意！

在逐渐西沉的阳光最后一缕晚霞中我们告别。我无言地望向被树荫掩映的远方，在树木巨大的绿色剪影里，仿佛又听到每棵树木最沉静的呼吸……我脑海里慢慢地浮现出一丝感悟！……

黄昏散步

夏天充满着紧张、热烈、急促的旋律，江河浑浊而浪涌；土地被火热的太阳晒得发烫；大雨，有时能连续下几天，万物呈现着蓬蓬勃勃的生机。

南方的夏天格外燥热，夜也来得很晚，下午六七点钟，太阳才落到西边山头，天仍大亮。我最爱夏日的黄昏，天空涂抹了一片暗紫色的彩霞，轻薄而西斜的阳光在群山环抱中穿过，照得南湖的水面闪出一片鱼鳞似的金光，整个绿城散发着一股清新的、馥郁的气息。

那天黄昏，我和妻子沿着青秀山脚下一条山路散步，这条山路早年林场运送木材时简易修过，但多年失修，如今已经坑坑洼洼，杂草灌木丛生，破烂不堪。我们只得小心慢步朝前走。好多年没有走这种山路了，很有情趣，有一种回归自然的感觉。

想起家乡那茫茫的、无边无际的山，山上高耸入天的繁密森林；想起那狭小的峒场，峒场上葱葱的绿草、郁郁的竹林；还有那日夜流淌着的有如歌声一般的淙淙小溪流水和弯弯曲曲、坎坷不平的山路……我们的青春就是在那个环境中度过，我们就是从这山路上走出来。触景生情，眼前这些，此刻就鲜明、活跃、逼真地映现在我的心灵眼界里。

一路上偶尔碰见从建筑工地下班的民工，他们走路的步伐很快，赶着回家，在荒山野岭中和我们擦肩而过，除此之外不见一个人影。想起一里之外就是繁华的闹市，这僻静的山路可算是“世外桃源”了。我朝山路两边望去，有灿烂无比的野山花，有高大的树木，有水波粼粼的池塘，晚风拂送，那些山花在浸着蜜香的山岚中沉醉。整个山野在夕阳下显得充满了生机！此时，有许多彩色的记忆和发光的音符在我心灵的空间闪现。

我们越走越慢。看见天色渐晚，我催妻子快走，可她依然慢慢地、稳稳地，走得很仔细，看得也很仔细，还自言自语地说：“这地方开来种菜、种玉米，养养猪、养养鸡，多好啊！”妻子退休后，专职种菜、栽花、养鸡，日子过得非常充实，讲话自然也“三句不离本行”。我笑着说：“这地几百万一亩，怎么能开来种菜？”她不言语了。

我指着天空叫她看，布满流云的天空，被晚霞映得通红，云彩低低的，我觉得它离我头顶没有多远。山路一片清静，没有城市喧嚣的声音来烦扰我们的心，除了那幽虫的凄鸣，林鸟的欢唱，以及野兔子的跳动拨弄着树叶子发出的细碎声音，再就是我们移动的脚步清晰的音律了。在闹市之外，能有如此宁静、悠然、美丽的黄昏，我不由得惊叹起来。过去日常的琐碎、事业的艰辛、工作的压力使我们无暇旁顾，许多春花秋月、良辰美景都随着漫漫岁月逐渐褪色，如今“无官”一身轻了，自己支配的时间很充裕，该好好品味这人生的黄昏。

突然想起有一年，我到云南瑞丽，看见几位坐在树荫下边聊天边慢条斯理绣花鞋的傣族老人。

我问她们：“老大娘，一天可绣几双？”

老大娘说：“两天就绣一双！”

我说："你们这样慢慢地绣，如果加快点儿，不就可以多绣一双？"

有位老大娘笑着回答："同志，不想快！我们年纪老了，要抓紧时间好好享受快乐啊！就像你们来旅游，老是想着赶路到前面去看下一个景点，沿途的美丽风景，就没有时间欣赏，多可惜！"

另一位大娘接着说："人的一生，走快走慢，都是同一个归宿，何不慢慢走，品味人生的快乐呢？"

我当时听了感到震惊，这几位老大娘竟能悟出如此极富人生哲理的思想。是啊！人生是一条漫漫的长路，多少个美好的时光、平凡瞬间，若不用心体味，便会无声无息地从指缝间滑过，留不下一丝的回忆。如今我已年过花甲，该慢慢地体会这黄昏平静和天然的美丽景色了。

一位心理学家在他的人格发展学中说，人们在五十岁之际，将会回首检视已经走过的人生之路，如果过去的发展阶段得不到满足，他将对这一生感到失望，因为往前看去，已经时不我予，颇有不堪回首的意味了。今天，我们回望人生，是先苦后甜，生命的色彩依然可以在暮年灿烂，应当对人生充满信心。幸福本身就是路，你生活中的每一时刻都是最珍贵的无价之宝。

夜幕降临了，市区已是一片灯火，像天庭蓦然降落下万颗星辰。我们朝着灯火往前走，终于走到了市区，街道上车水马龙，人声鼎沸，满街流彩，满街泻银，一根根灯柱顶上向四面展开的灯盏像天上开放着丛丛银花。我想招辆的士快点回去，妻子拒绝乘车，她说："刚才那么差的山路都走过来了，这平坦的马路还走不得？"我笑着说："是啊，散步，特别是黄昏散步是一种奢侈，我们要尽情地品味和享受一下子！"

随着西天的晕红消融在远方，随着淡白稀疏的月光升上暗沉的夜空，随着眨着眼的小星爬上天河，我们漫步在火树银花之中，带着美丽与繁华、憧憬与向往走着，像一丝微风，像一个春宵的轻梦！甜极了！美极了！

闲庭信步

我们的住宅小区，依山而建，尽植四时的竹木花卉，长年绿色如茵，繁花似锦，溢彩流光。退休之后，爱好成了浮生的伴侣，亦像一苇航船，渡我过着憩静的日子。琴棋书画，小语清风，朋友小聚，怡然自得。偶有时间，或傍晚或清晨，我也散散步，悠然地漫步于园中石板路，那淡青色的石板，方方正正像无声的汉字，随着你的脚步去读，双声、叠韵、联绵，特有诗情画意。退休后的生活单纯而踏实，自然而宁静，闲庭信步，是一种境界。

昨日的星光，今晨的朝露，岁月匆匆地往前赶，让我们难以跟上它的脚步。如今退休了，不必急匆匆去赶时间了，该固守着自己这一片平静的天地，漫步闲庭，听溪水潺潺淌流的声音，听林间的鸟鸣和草丛中小虫的吱吱声，叫你不忍离去。这里没有古迹，没有高楼，没有人流，没有闹市的喧哗，带给你的是宁静与安然，过往日子里那些使你烦恼，悔恨的情绪，早随着抚弄满头银发的那一缕清风飘散而去。时日渐远，当你静静地回望，你会发现过去心里的挣扎、犹豫、无助和患得患失，都随着岁月的流逝烟消云散，若当年有这番思想就不会为自己平添那些无谓的烦恼了。

闲适信步是轻松的，现在许多老年人于散步中得到休息或者锻炼。上了年纪更加重视自己的健康，这是情理之中。老年人能够更加理解热爱生命之欢乐。你看，每日清晨，我们可以看到不少老人在公园里，在空地上乃至自己的门庭式阳台上，打太极拳，练气功，舞剑或跳老年迪斯科，民族的土风舞，我相信这些运动足以增强老人的体力，促进健康。每每见到这番情景，我曾对老人们说，身体锻炼固然重要，但也要重视脑力运动啊。老年人要善于用脑，一般作家、艺术家、科学家往往健康长寿，仅仅重视体力运动，而荒废脑力运动，对老人来说，难以延年益寿。

信步中，我感悟到了另一种境界，那就是坦荡，自由自在，超然脱俗，执着的人生追求。要固守着淡泊的信步，在淡泊的信步中品味人生，信步之中不仅需要心灵的极大自由，而且需要有甘于寂寞，甘守孤独的勇气。世人唯恐寂寞会产生失落，其实这是一种误觉。大地寂寞时，太阳何曾离它而去？也许退休了，活动少了，视线范围窄了，但心的力量却可以无所不至，比如读书、写字，撇开种种干扰，薄薄的书页轻轻地翻过去，翻过来，淡淡的墨香似有似无地绕在周围，便凭空觉得世俗远了许多，而心胸则开阔了许多。我至今虽不能所至，而心一直向往着，追求着！

古人十分看重静，因为静是生命力，静是人生之福！没有静，我们就感受不到世界的富有和美丽。没有静，智慧就无法起作用，诗意无法激发；没有静，心神便无法安宁，心神不安宁便会多发灾疾。所以说，静，既是状态，又是能量，既是物质，又是精神。如今我们或静坐，或在幽静之中信步，都能体验到静，享受到静。而现在能体会到的人并不很多，因为我们的环境已经很少有静地了！闲庭信步之中，我享受到了那种浓烈的厚实的寂静，实实在在地体会到来自大自然的无尽滋养。

人到老年，经历过岁月的磨砺，眉宇间添了许多皱纹，白发银须，许多事的得失均成过眼烟云，然而，真性情不会改变。大自然是有情的，只要常流连于山水，花木之间，就觉清新，就觉鲜活，就有一种人生的静力、动力。青山绿水可以涤清风光，可以滋润生命，可以叫人远离浮华，回归生命的本色。

当然，“宁静”两字，远不能概括我们住宅小区的面貌。绿色，是小区色彩的基调。这里不管春、夏、秋、冬，到处都是一片翠绿。尤其令我赞叹的是院内那一株株挺拔俊秀的竹子。每每闲庭漫步在绿色蜿蜒的院中小道，最吸引我的是那一行行，一排排整整齐齐，俊秀挺拔，郁郁葱葱的竹子，长得是那样笔直，那样的生机勃勃。在早晨的阳光下，秀丽的竹影印在石板路上，晨风过处，它们交头接耳，发出阵阵私语和欢笑。我常常站在竹丛面前，如痴如醉地欣赏它那蓬蓬勃勃的气度，爱它那洒脱的风姿，挺拔的气势，它是那么明净深邃，富有生命力！从古至今，数不清有多少诗人讴歌过竹子，多少画家提笔作画。借竹寄情：“谁写江南一片云，清风潇洒不随群。少师自得空川趣，独忆虚心抱节君。”竹的无私奉献，甘于清贫，节高骨坚的品质，使我对人生的理解更深入了一层。

闲庭信步，周而复始中，倾注自己的体会，忘却了时间，得到了感悟，乃是难得的享受，人生的体验！

我家开放四朵花

搬进青山小区居住，远离了喧嚣的市区。这里的环境十分幽静，可生活很不方便，没有辆车，寸步难行。长年累月，便生几分寂寞。妻子常说，我们是从山里来到城里住，如今又从城里回到山里住了。

儿女们为了减少我们的寂寞与孤独，商量好每逢星期天和节假日都要雷打不动地回家团聚，这给了我们老两口许多安慰和喜悦。每到孩子们要回来时，妻子就忙着准备第二天孩子们回家聚餐的饭菜。

今年过端午节，儿子把两个姐姐叫到一起，决定早点回家，亲手做一餐饭菜来慰劳我们，于是几个人分头去做准备。下午三点，女儿、女婿、儿子、媳妇的车子先后停在住房前的空地上。儿女们平时很少这么早回家，妻子见大家都回来了，从来没这么高兴过，可嘴里仍在唠叨："今天怎么回得这样早，也不打个电话提前告诉我们一声！"

"阿妈！今天是端午节，晚上的饭菜我们全包了！你们就等着吃现成的吧！"二女儿搂着她妈妈说。"那敢情好啊！我们坐着享福了！"妻子满脸挂着笑容说。大女儿边从车上搬东西边说："生菜、熟菜都准备齐全了，稍做些加工就可以上桌！"

我家是个民族大家庭，有仫佬族、壮族、瑶族、汉族四个民族，各个民族过端午节的方式都不尽相同。全家只有妻子是壮族，在我们家属于少数民族，可在晚饭问题上，她说话最算数。看到孩子们买回来的食品，妻子马上发表意见：“今天是端午节，可不能像平时回来一般加菜，你们买回来的东西都不合格！”孩子们傻了眼。没等他们说话，妻子接着得意地说：“我都准备好了！”她打开冰箱，把东西全拿了出来。鸡、鱼、鸭、肉、黄瓜、青菜、芋头、蒜苗……应有尽有。“还是阿妈想得周到！”孩子们异口同声地夸奖着。

妻子昨天就忙碌了一天，包了三种不同的粽子，有壮家的三角粽、仫佬族的小长粽、汉族的凉拌粽，瑶族油茶也是上好的油茶料子。妻子很得意地说：“端午节主要吃粽子，我按你们各人的口味包的，自己选着吃吧！吃不完就带回去，够你们吃几天了！”

因为是过节，妻子执意要自己亲自动手做菜。大女婿是瑶族，喜欢吃扣肉，她专门做了荔浦芋扣肉，二女婿是汉族，喜欢吃柠檬鸭，这道菜是她的拿手好戏，做得香甜可口。我对妻子说：“我们仫佬族最喜欢吃的是粉蒸肉和豆腐圆，这道菜还是我亲自动手吧！”没等她同意，我已经开始操作了。孩子们都为我们打下手。

剩下的白切鸡、鸡蛋饺等一些常规菜都由汉族媳妇来做。这餐饭，人人都想露一手，连最不会做菜的小儿子也动手做了酸拍黄瓜。下午六点半钟，所有的饭菜都做好了。全家乐融融地围坐在一个大大的圆饭桌上，儿女们举杯祝阿爸阿妈端午节快乐，健康长寿！我说：“为我们家民族大团结干杯！”

其实，这样的家庭聚餐我们经常举行，而且都做各个民族独特的菜肴，孩子们说，我们家可以开个民族餐馆了！尤其是中秋节、清明节、春节、我和妻子的生日，孩子们都各显身手，每个人做道菜，真是丰富多彩、琳琅满目，全家乐融融美食一顿，每当这个时候，我都告诫孩子们要十分珍惜我们这个民族家庭这种和睦与欢乐的气氛！

孩子们相处得很好，我们家有事都能坐下来有商有量。记得前些年，小外孙出世之后，我们都为他们的民族归属为难，谁知两个女婿很开明，表示孩子要仫佬族。如今，一问外孙们，你是哪个民族呀？他们都说，和妈妈一样，是仫佬族！我常半开玩笑地对朋友们说，我们家是仫佬族自治家。

说句实话，当初我并没有意识到我的婚姻、儿女们的婚姻要组建这样一个民族大家庭。广西十二个世居民族，各族人民世代和睦相处，同住一座山，同耕一垌田，同饮一江水，同唱一种歌，彼此之间没有隔阂，亲如一家。在我们家乡，逢年过节各族乡亲都互相串门、相互请客，各族青年穿着节日盛装，聚在一起，唱歌跳舞，对歌谈情说爱。有山歌唱道："一把芝麻撒上天，山乡好歌万万千。万千好歌同声唱，各族人民情相连。"我母亲是客家人，年轻时很会唱歌，是方圆十里八寨有名的歌手，听说她和父亲结婚就是对歌对上的。这说明我们仫佬人很早就和汉人通婚了。有一次，我在给兄弟省介绍广西民族团结情况时无意中脱口说："我家有四个民族，相处很好，可以说是广西民族团结的缩影！"这事便传开了。

后来，凤凰电视台要拍我家民族团结的专题片，我说："比我家几个民族和睦相处的家庭在广西各地还有很多，去拍他们更有典型意义！"此后，有的领导同志向外界介绍广西的民族团结情况时，都拿我家做例子，这成了我这个"仫佬族自治家"一张亮丽的名片。

和睦的家庭氛围是世上的一种花朵，没有东西比它更温柔，没有东西比它更优美，没有什么比它更适宜于把一家人的天性培养得坚强、正直。我们这个多民族组成的家庭，每天都在浇灌着这朵鲜花，让它永远开放在温暖和谐的家庭里！

注：此文获2010年中国作家协会、《人民日报》举办的“盛世民族情”征文优秀作品奖（全国投稿1万多篇，共评出优秀作品奖15篇）。

梦想并不遥远

人的一生总会有很多美好的梦想。这些年来，我会常常静静地坐着，回忆自己走过的路程，想想年幼的我，中年的我。于是，那些深藏在记忆深处的片断，那些曾经有过的美好的梦想，便不时浮现在眼前，心底有着一种无可言状的甜美滋味！

我出生在桂西北崇山峻岭中的仫佬山乡，没有公路，只有一条小路通向城里，更谈不上有铁路、火车，只是在电影上看见它那长长的飞奔的样子，感到很稀奇。村里的同伴们说："这家伙爬着跑那么快，站起来跑不更快？"那时多愚昧无知呀！我对同伴们说，我们总有一天能坐上火车，看看会是什么感觉！父亲对我说，好好读书考上大学，就能坐火车了！于是从那时起，我就萌生了上大学的梦，坐火车的梦。1963 年，我终于如愿考上武汉中南民族学院，第一次坐上火车，实现自己的梦想。上世纪七十年代，仫佬山乡修了铁路，火车通到家门口，山寨里的乡亲们都坐上了火车。大家编着山歌唱："山乡自从有铁龙，山山水水露笑容。坐上铁龙飞出山，穿山越岭路路通。"

仫佬族是一个能歌善舞的民族，可以说无人不会歌，无事不唱歌，无处没有歌。我母亲是个方圆十里八寨小有名气的歌手，小时候她唱歌时常把我带去，听她唱歌。她们唱的歌都是随编随唱，随问随答的，很动听，很优美，我听得入迷。后来长大了，上了大学，自己也开始编些山歌，写些短文章，渐渐地萌发了当作家的梦。大学毕业后分配回县里搞新闻报道，工作之余，写些散文、诗歌和小说。1972年在《广西日报》发表了第一篇散文《铁英》，写一个茶叶场的女拖拉机手的事迹，当时轰动全县。这对我鼓舞很大，自我感觉离当作家梦越来越近了。经过几年辛勤笔耕，我出版了第一本散文通讯集《红日高照仫佬山乡》，一举成名，加入了中国作家协会。至今，我先后出版了六十五部著作，当选为中国少数民族作家学会副会长，实现了作家梦！上世纪八十年代初我走上了领导岗位，之后担任自治区党委宣传部部长、区党委副书记，在相当长一段时间里主管全区意识形态工作。由于对文学艺术情有独钟，着力发展广西的文学艺术事业，使很多文学青年同样实现了作家梦，组建了一支浩浩荡荡的文学桂军，我被大家称为“作家部长”“文化书记”，感到无比温馨与自豪。

我们家住的村子不大，村后有一座很像凤凰玉立的大山，山上密布的树林，绿茸茸，翠滴滴，像是凤凰的羽毛，因此得名“凤立村”。千百年来，祖辈们都梦想有一天，我们的村子真正像凤凰一样屹立腾飞。今年金秋时节，我回家乡，乡亲们正准备迎接罗城仫佬族自治县成立三十周年。清晨，我漫步田野，看到如火般的颜色染在枫林间，田里显出深绿微黄的景色，绿色的甘蔗林和沉甸甸的山野葡萄，一串串晶莹剔透。通向山里的路拓宽了，矿藏的开发，林果、药材的种植，使家乡富裕起来，一排排新建的屋宇掩映在绿树丛中，高山峰巅耸立起电视转播塔。村长告诉我：“现在村里可不得了啦，每年都有五六个考上大学，考上中专，现在全村有教授、高级工程师、大学文凭的六十多人，在外面当国家干部的就有一百多人……”我久久地站在村头的草坪上，仰望着无边的霞光，山头飘动的彩云，禁不住放声歌唱：

十月的灿烂阳光，
照耀着山乡，
层林尽染，
稻田金黄，
山泉流淌，
牛羊肥壮，
沉甸甸的丰收，
实现乡亲致富的梦想。
啊！美丽的家乡，
展翅腾飞的金凤凰！

那天，我和乡亲们聊起中国梦，大家七嘴八舌滔滔不绝，有的说，习总书记提出中国梦，就是我们老百姓的梦；有的说，我们仫佬山乡巨变证明只有在共产党的领导下，我们的梦想才能一个个地实现；有的说，我们要把仫佬人的小梦想，融入祖国的大梦之中，这样，梦想就不会太遥远了！听了这些真诚朴实的话语，我心情久久不能平静。此刻，习近平书记的话又在耳边回荡："每个中国人都是梦想的主角，涓流汇海、聚沙成塔。一步一个脚印去丈量梦想，一切美好的东西都能创造出来，中华民族伟大复兴的梦想一定能实现。"

图书在版编目（CIP）数据

故乡流淌这样一条河 / 潘琦著. -- 北京：作家出版社，2017.3

（中国少数民族文学发展工程·出版扶持专项丛书）

ISBN 978-7-5063-9415-4

Ⅰ. ①故… Ⅱ. ①潘… Ⅲ. ①游记－作品集－中国－当代 ②散文集－中国－当代 Ⅳ. ① I267

中国版本图书馆CIP数据核字（2017）第069033号

故乡流淌这样一条河

作　　者： 潘　琦
责任编辑： 史佳丽　李亚梓
特约编辑： 张绍锋　郑　函
装帧设计： 曹全弘
出版发行： 作家出版社
社　　址： 北京农展馆南里10号　　**邮　　编：** 100125
电话传真： 86-10-65930756（出版发行部）
86-10-65004079（总编室）
86-10-65015116（邮购部）
E-mail:zuojia@zuojia.net.cn
http://www.haozuojia.com（作家在线）
印　　刷： 北京玺诚印务有限公司
成品尺寸： 170×240
字　　数： 173千
印　　张： 14.5
版　　次： 2017年8月第1版
印　　次： 2017年8月第1次印刷
ISBN 978-7-5063-9415-4
定　　价： 35.00元
